एक झरोंखा

अपनों की प्रेम वेदना

डॉ. अवन्तिका शेखावत

INDIA • SINGAPORE • MALAYSIA

ISBN 979-8-89233-894-3

पुस्तक समर्पण

आदरणीया स्वर्गीया मां श्रीमती विक्रम राठौड को प्रेमपूर्वक समर्पित

मां तेरी यादों को संजोकर रखा है दिल में सबसे करीब,

हर सांस अहसास में आज भी है मां तेरा नाम,

तेरी उम्रभर की तपस्या को मेरा प्रणाम॥

अंतर्वस्तु

एक झरोंखा

अपनों की यादों का एक झरोंखा,

कुछ मीठी-सी फूटी-सी मौसमी स्वादों का एक झरोंखा,

छत की मुँडेरों पर बैठकर बुने उन इरादों का एक झरोंखा,

चले थे आसान से ख्वाब और मंजिलों को बटोरने,

इसी कश्मकश में टूटे कुछ वादों का एक झरोंखा,

अपनों की यादों का एक झरोंखा............।

कम्बख्त वक्त मारता है सबकी हँसी को,

अनजानों से बिना बात मुस्कराये,

अपनों से हम रोज रूठे चले आये,

जाने कहाँ सुकून ढूँढने निकल जायें,

नींव बिगड़ी है रिश्तों की यारों,

टूटी नींव में एक नयी आस तलाशते घरौंदों का झरोंखा,

अपनों की यादों का एक झरोंखा...........।

इश्क था, मोहब्बत थी, प्रेम प्रस्फुटित था

नफरतें बिकने लगी बाजारों में,

हम लगे कमाने जो, नफरतें कौड़ी में खरीद लाये,

गाँव की उस गली के मोड़ पर सिक्के प्रेम के छोड़ आये,

नोटों के भाव पूछने हम शहर चले आये,

घर से खण्डहर बनते बचपन की मुरादों का एक झरोंखा,

अपनों की यादों का एक झरोखा............।
ये सारा शहर तन्हा लगता है,
हर चेहरा बरसों से भूला, मुस्कराना लगता है,
झाँक कर एक-दूजे को देखें हर कोई पहचाना लगता है,
वेदना देते पुराने प्रेम खरीदों का, रशीदों का एक झरोखा,
अपनों की यादों का एक झरोखा............।

प्रथम अध्याय

जीवन के भँवर में हम झरोंखे सदृश्य ही तो दृष्टि रखते हैं, मझधार में खड़े होकर जीवन के आर-पार निहार लेना, हमारी बुझी-झुकी स्मृतियों का हिस्सा ही तो होती है। जीवण, बाईसा-बाईसा कहकर मुझे हाथ हिला रहा है और मैं आज पुरानी स्मृतियों को इस युवावस्था के झरोंखे से निहार लेना चाहती हूँ। एक ओर सुन्दर सलौना भोला अनगढ़-सा बचपन है और दूसरी तरफ असीमित सपनों की राह पर चलते-चलते आखिर में मिला मेरे जीस्त का तोहफा ये टूटा-फूटा सा यह एक सरकारी क्वॉटर।

घोड़ों की अस्तबल में खड़ा जीवण मेरे क्वॉटर से स्पष्ट दिखाई देता है। शाम का वक्त और ये बिना मौसम के गरजते बादलों की गडगड़ाहट ने हर किसी को डूबते हुए सूरज की आँख मिचोली में साक्षी बना दिया है। यूँ तो धूप और छाँव के बीच बरसती बूँदों में बचपन का दादी का किस्सा "भूत-भूतनी का मिलन" अब थोड़ा समझ के नीचे चला गया है क्यूँकि विज्ञान और तरक्की हमारे ऐसे ही न जाने कितने किस्सों पर हावी हो गई हैं। खैर अब तो ना ये किस्से हैं, ना परम्पराये जिनसे विज्ञान की कसौटी पर खरा उतरने की अपेक्षा करें। हम आसान जिन्दगी के लिहाजे हमारे लिए कितनी अपूर्णता कितना अकेलापन, सूनापन खरीदते जा रहे हैं और बेशक पीछे छोड़ दिया है हमने हमारी खुशनुमा हरियाल जिन्दगी की एक वजह: संस्कृति और परम्परायें॥

शिक्षित समाज बनाने का तात्पर्य हम समीचीन कल्पनाओं से एक गलत दिशा में समझ बैठे हैं। शिक्षा पुस्तक-अवलोकन और बेहतरीन सुविधाएं, रोजगार ही उपलब्ध नहीं करवाती। शिक्षा एक जिम्मेदारी सिखाती है, एक शिक्षित व्यक्ति का उत्तरदायित्व है कि वह अपने शैक्षिक मूल्यों को जीवन में उतारकर एक सुदृढ़ समाज की कल्पना करें ना कि अपने व्यक्तित्व में स्वार्थ वशीभूत तथाकथित हो रहे विकास को देखकर खुशियां मनाता रहे। उन खुशियों में शरीक होने को ना बूढ़े काका हों, ना पतासी ताई हो, ना रेशमा चाची, ना बुद्धराम दादा और ना ही शरीफ भाईजान।

शहर की एक चमचमाती बिल्डिंग का सातवाँ मंजिल और एक घूँट जाम, ये सब खुशियों के मायने हमारे लिए कब से हो गये, हम इस अवमूल्यन को भाँप ही नहीं पाए। सबसे महत्वपूर्ण विषाद का विषय तो यह है कि हम अपने चेहरे को भावनाओं रहित एक नकाब से ढक लेना चाहते हैं क्यूँकि पारिवारिक हँसी-खुशी का वक्त ही नहीं है हमारे पास और वक्त हो भी तो हम शिक्षित होने का खुमार जो रखते हैं। परिवार एक जरिया है हमारे अस्तित्व के द्योतक का।

पाश्चात्य संस्कृति हम पर हावी हो गयी हैं हम बेडौल शरीर, मलीन दिमाग और तथाकथित खुले विचारों के हो गये हैं। ओए। 'कूल ड्यूड' ये अंग्रेजी के कुछ लफ्ज़ हमें कितना बेपरवाही देते हैं, 'कूल' होने के नाम से संस्कारों की अनदेखी करते-करते अब प्राचीन संस्कृति शब्दावली को कभी-कभी गलत साबित करने को उतर पड़ते हैं। मैं भी मुस्कराकर जीवण को हाथ हिलाकर अभिवादन कर देती हूँ, अनमने मन से किस तरह हम रोज

न जाने कितने ही लोगों से मिलते हैं, चेहरों पर एक स्थायी खोखली हँसी की ढ़ॉप जो आधुनिक समय ने हमें सिखा दी है।

जीवण ठाकुर सा की हवेली में घोड़ों की देखरेख का काम करता है। ठाकुर प्रताप सिंह सा की ये हवेली जो मेरे क्वार्टर के बिल्कुल सामने हैं, लगभग 200 वर्ष पुरानी है। पूर्वजों के गौरवशाली इतिहास और वैभवशाली परम्परा का बखान करती स्वत: अपने विशालकाय प्रांगण को उद्धृत करती हुई यह हवेली 'साँझ' नाम से पूरे बाँगड़गढ़ में प्रसिद्ध है। ठाकुरसा के पिता ठा. समरसिंह पहले इस हवेली के संरक्षक रहे है परन्तु गत वर्षो में उनके देहान्त के पश्चात् ठाकुरसा ही इसकी आन-बान के प्रतीक बने हुए है।

मुझे यहां आए हुए अभी दो वर्ष से अधिक समय नहीं हुआ है परन्तु यह हवेली और इसके हर कोने की खबर से वाकिब कराने श्यामा रोज शाम को मेरे दफतर से लौटते ही आ जाती है। श्यामा हवेली के काम-काज को देखने वाली एक जिम्मेदार बाई है। मेरा भी थोड़ा हाथ बटॉने का श्रेय वो ऐसे लेती है जैसे उसके बिखेरे हुए कार्य को पूरा करते-करते मैं रोजमर्रा की थकान से चूर कभी-कभी उससे त्रस्त हो जाती हूँ। बचपन से जवानी तक की शहरों में एक बुलंद शख्सियत और आजाद जिन्दगी जीते-जीते मैं अब इस बाँगड़गढ़ की महिला विकास अधिकारी के पद भार को सम्भालने जब से आ पहुंची हूँ, गॉवों की संस्कृति, यहां के रीति-रिवाज सब मेरे लिए अनूठे है, जैसे यहां हर कोई अपना हैं।

ये आधारभूत आवश्यकता है आज के समय की, हम पूर्ण है तो खाली स्पेस की बात करते हैं, स्वतंत्र जिन्दगी की बात

करते है और किसी लिहाजे अपूर्ण है जो बेमुरौवत तलाश में रहते हैं। वैचारिक विभिन्नताएं हमें एक-दूसरे से ही नहीं अपने आप से भी कोसों परे ले जाती रही है। एक व्यक्ति के स्वयंभूत विचार भी एक समय के लिए समान नहीं है और हम दूसरों से अपेक्षा करने की जुगत में रहते हैं।

श्यामा! छमछम अपनी पायलों की आवाज करते हुए पैरों को धड़ाम धड़ाम से जमीन पर पटकते हुए अपने आने की आहट दे रही है।

'बाईसा! कहां विराजै हो, थारो दर्शन ईद को चांद हो रह्यो है।' श्यामा आवाजें लगा रही है।

मैं जाकर दरवाजा खोलती हूँ, वो रोज की तरह हक से मेरे इस टूटे-फूटे से आंगन में दस्तक ले आई है।

'ठकुरानी सा' के तो भाग फूटे है बाईसा'। श्यामा चौक में पैर पसारकर मूंगफली के छिलके एक जगह करते हुए बोलती है।

क्यूं रे! मैं पिछले दो वर्षों से यह बात सैकड़ों बार उसके मुंह से सुन चुकी हूँ हर बार मेरा प्रत्युत्तर यही रहता है। ठाकुर प्रताप सिंह सा की पत्नी जिसे हवेली में सभी ठकुरानी सा कहकर बुलाते हैं। श्यामा बताती है कि वो बड़े राजघराने की इकलौती वारिस है और मिजाज में अव्वल है।

यूं तो मेरा ठकुरानीसा से कोई विशेष वास्ता नहीं पड़ता है परन्तु तीज-त्यौहार जब हवेली से 'जीमने' का बुलावा आता है तो मैं लगभग पांच-दस दफा गई हूँ वहां। पारम्परिक राजस्थानी लिबास पहने, गहनों से लदी हुई, गले में बड़ी-सी आड, सिर में बौरला और कमरबन्द पहने करीने से मेहमानों का स्वागत

करती ठकुरानी-सा की छवि जो मेरे मस्तिष्क में बनी वो एक सभ्य और सुसंस्कारी औरत के वास्ते मजबूत किरदार नजर आई हैं।

घूॅघट में ढाॅपे अपने-आप को हर कार्य में दक्ष साबित करती हुई ठकुरानी सा जब आखिरी निमन्त्रण पर मुझे मिली थी तो एक सौम्य, सरल महिला के किरदार को मैं जीने की अभिलाषा के साथ इस क्वार्टर में लौटी थी। जीवन में कुछ अनजान राहों पर ऐसे लोगों से भी मुलाकात होती है जिनकी शख्सियत की छाप हमारे मन-मस्तिष्क में अमिट रह जाती है कुछ तो ऐसे होते है जो हमारी भविष्य की आगामी किरदार बनाने की हर रेखा को तय कर देते है क्योंकि हम आखिर में उन्हीं को देखते-देखते स्वंय वैसा बनने की कल्पना करते-करते कब वैसे ही बन जाते हैं, पता ही नहीं चलता। बड़ी इमारतें, बड़ी गाडियां, बड़े सपनों को पांवों तले लेकर चलने वाली इस नौजवान पीढी की शिरकत का हिस्सा मैं, कब से ठकुरानी-सा के किरदार को उत्तम समझने लगी और इस 200 वर्ष पुरानी हवेली के इर्द-गिर्द चलने वाली हर हवा मुझे आकर्षित करती थी। यहां कुछ ढोंग नहीं था, बातों में अकड थी, मिजाज था, तेवर था, जीवनशैली भी आज के मुताबिक कहूँ तो शायद फूहड थी पर मेरी वो 'अपनेपन की तलाश' यहां आकर मुझे अपूर्ण से पूर्ण बना रही थी।

'सारे परिवार के होते भी बाईसा हवेली निरी सूनी लागै' श्यामा ऐसी ही कुछ बातों का पिटारा खोलने और मेरे शान्त चित्त में उद्वेलन मचाने कुछ समय के लिए आती है और 'घणो काम है' कहकर जल्दी से भागी जाती है।

श्यामा मेरे हम उम्र नहीं है, सफेद बालों की पट्टिया गिनवाकर बताती है, बाईसा इस जीवन में पचासों गर्मी आई है और इतनी ही सर्दियां। मैं अनुमान में अपनी परख रखते हुए उसके वय पचास होने का अदांजा लगाती हूँ, पर हमारी बातें दो सखियों से कम नहीं होती थी।

श्यामा यूँ तो हवेली के पुराने वफादार बचे लोगों में एक है परन्तु परिवार के नाम पर एक बेटा और नशे की लत में धुत 'गोपी' पति है। गोपी मेरे ही दफ्तर में चपरासी का काम करता है। श्यामा से मुलाकात दफ्तर में ही हुई।

काम का पहला दिन था, शायद यूँ हर मुलाकातें याद तो नहीं रहती है पर श्यामा भूले जाने वाले किस्सो में से एक नहीं है। सामने के टूटे दो दांत, काले पड़े होंठ और बेतरतीब लटकने वाली ओढ़नी और राजस्थानी लिबास में पैरों को ठोक-ठोक कर जमीन पर मारते चलने वाली श्यामा एक साधारण-सी व्यावहारिक समझदार औरत है, पर जुबाँ की तीखी तर्रार। पिछले दो वर्षो में मेरे दिन की शुरूआत उसकी पोपली हंसी से होती है और साँझ ढलते ही उसकी बनायी कड़वी चाय और हवेली की ताजा खबरें लेकर वो दरवाजे पर हाजिर होती है। श्यामा के जाने के बाद आज मैं पुराने-दिनों की याद को ताजा करने तस्वीरों को दीवार पर जमाने लगी हूँ.......

यूनिवर्सिटी के दौर के किस्से रूह कंपकपाने वाले हैं...... इस दौर के नजराने वक्त की मुट्ठी में बंद करके, कुछ तस्वीरों में कैद इन लम्हों को न जाने कितनी ही बार हम उन्हें फिर से जीने को तरसते हैं। ये झरोंखा जीवन के बाकी महीन सुराखों से बहुत अलग होता है। कामयाबी की दौड़, दोस्तों से लगायी बात-बात की होड़ और वो यादों में बसा बाबू जमाल का मोड़ और खर्चा को तोड़ मरोड़ कर महीने के अन्त में बचाये उन पैसों का जोड़, ये सब दिल के करीब शायद हृदय स्पंदन में रोज शरीक होने आते है और सम्पूर्ण देह में परिसंचरित होकर एक मुकम्मल आज बनाने की प्रेरणा देते है।

बड़े शहरों में बनी ये मेरी उपज इस बाँगड़गढ़ के एक कोने में निपटने का ख्वाब कभी ना रखती हो परन्तु स्वावलम्बन की जरूरत एक महिला के लिहाजे क्या हो सकती है, ये यूनिवर्सिटी से निकलने के बाद खाली पड़े वक्त ने मुझे समझाई। मेरा यहां आना और यह एक 'छोटी सी' कुटिया बसाना जरूरत नहीं थी परन्तु आज के दौर में हम अपनों से छोटी-छोटी बात पर नाराजगी दर्शाने का एक मजबूत तरीका रखते हैं - इन सब प्रेम की मीठी वेदनाओं से किन्नी काट लेना उचित समझते हैं। हमारी पसंद के व्यक्तिगत विचार हम सब पर हावी कर देना चाहते हैं और बड़ों को ये जल्दबाजी की, भागदौड़ की जिन्दगी रास ना आए तो हम उन्हें फिजूल सलाह समझकर अपने मन को दूर एक कोने में नजरबंद कर लेना उचित समझते हैं। हमारी किसी भी आझमाईश पर समझाईश की मोहर हम लगाना ही नहीं चाहते।

आज रात काफी हो आई, सुबह इतवार है, अपने मन को ये दिलासा देकर मैं खुद को वर्तमान में समेटते हुए सोने चली गई।

सुबह की नींद घोड़ों की टकटक की आवाजों से खुली। इतवार को ठाकुरसा घुड़सवारी करने जल्दी निकल जाते हैं। घुड़सवारी के शौकीन ठाकुरसा सरकारी महाविद्यालय में प्रोफेसर हैं। एक शिक्षित, अनुशासित, अदबी और बहुमुखी प्रतिभा के धनी है ठाकुर प्रताप सिंह। मैं उठकर रोज के कार्यों को निपटाने लगी कि श्यामा हवेली की छत से अपनी टूटे दांतों की हँसी को दैनिक प्रसाद की तरह पूरे बाँगड़गढ़ पर लुटाने में व्यस्त थी।

'रूहानी बाईसा' आँखें मलती हुई हवेली के दरवाजे पर खड़ी ठाकुरसा के घोड़ो को सहला रही है, 'बासा सुनो ना... हमें भी

बैठना है घोड़े पर...' बच्चे की जिद्द ठाकुरसा मुस्कारते हैं और जीवण की ओर चलने का इशारा करते हैं। कान्ति बाईसा पीछे से भागी-भागी आती है... 'रूहानी तुम्हारा काम नहीं है ये, चलो अन्दर माँसा बुला रही हैं'। छोरयां रो काम नहीं बेटा घोड़ा रै ऊपर बैठणों"। ठाकुरसा सैर को निकल जाते हैं और रूहानी बाईसा निहारती रहती है।

बचपन से ही समाज लड़कियों को यही सिखाता है कि कुछ काम उनके लिए नहीं बने हैं। कुछ दायरें हम लड़कियों के लिए निर्धारित करते हैं जैसे समाज का हर व्यक्ति लड़कियों के बल और प्रतिभा से उसी दिन वाकिब हो जाता है जब वो जन्म लेती है। मैं दूर के झरोखें से उस संवाद को सुन रही हूँ पर मेरे लिए भी बचपन में शायद रूहानी बाईसा की तरह बहुत दफा कार्य करने की इजाजत नहीं मिली थी, यह कहकर कि ये काम लड़कियों के बस का नहीं। समाज की हर औरत जाति एक बिन्दु पर आकर समान परीक्षा के स्तर पर खडी हो जाती है चाहे वह आज की शिक्षित पीढ़ी की औरत हो या अशिक्षित श्यामा या छोटी बच्ची रूहानी।

सवाल किसी एक काम को करने का नहीं है, प्रश्न है तो औरत जाति को उसकी इजाजत के बिना एक दायरे में सीमित हो जाने की परवरिश का... क्या स्थितियां इतनी बदतर हो गई हैं कि हम इन्हें आज सुधारने की कवायदें नहीं कर सकते...।

रूहानी बाईसा हवेली की सबसे बड़ी संतान है। ठाकुरसा के बेटे कल्याणसिंह की बेटी है, कल्याणसिंह भारतीय सेना में

कार्यरत हैं। अपनी पत्नी और बेटे सत्यवानसिंह के साथ वो सेना के क्वार्टरों में ही रहते हैं और रूहानी बाईसा अपने बासा और मॉसा के पास हवेली। कान्ति बाईसा ठाकुरसा की बड़ी विधवा बहन है, विवाह के कुछ दिन उपरान्त उनके पति का देहान्त हो गया, तब से वो हवेली में रहती है, हवेली में उनकी इजाजत के बिना कोई कार्य सम्पूर्ण नहीं होता है।

'बाईसा! सब्जियां छाँट लो, हवेली जा आऊँगा तो फिर आपके लिए ना बचे पायेगी'। मोरा आया है।

मोरा हर इतवार खेतों की ताजा सब्जियां लेकर मेरे दरवाजे पर गर्वानुभूति से खड़ा होता है जैसे उसने रूघे सूखे इन बालों में उंगलियाँ घुमाते मुझे हर सब्जी की क्वालिटी का परीक्षण करा ही देना होता हैं।

मोरा दस-बारह साल का लड़का है पर मिजाज से किसी युवा के झरोखे से पार, वैचारिक बोध भी ज्ञात होता है, वो अपने जीवन की वास्तविकता से अनभिज्ञ नहीं है। पिछली ही बार उसने बताया कि उसने आठवीं की परीक्षा दी है वो बड़ा आदमी बनना चाहता है।

'हाँ मोरा। ले आये सब्जियां'

बाईसा... दिल्ली कलकत्ते तक ना मिले आपको ये तर्कारी, ये मोरा का कमाल है।...

हाँ रे मोरा! तू ना होता तो हमारा बसर ही ना होता इस बाँगड़गढ़ में। मैंने भी मोरा की टाँग खींचते हुए मुस्कराकर कह दिया'

क्या बाईसा आप भी! मोरा अपनी हँसी को दबाने की जुगत में लग गया।

'स्कूल में दाखिला लिया। मैंने प्रश्नभाव से मोरा की ओर देखते हुए कहा। मोरा चुप्पी तोड़कर गर्दन झुकाए बोला, 'बाईसा छप्पन रूपये हो गए'।

मैं प्रत्युत्तर की अपेक्षा में पैसे लाने अन्दर चली गई। बाहर के कमरे में लगी डिग्री को बार-बार पढ़ता मोरा मेरे आते ही चुपचाप नीचे बैठ गया।

'लो मोरा! अगले इतवार भाजी मत लाना, मैं शहर जा रही हूँ, कुछ लाऊँ तुम्हारे लिए! मोरा उदास आँखों से मेरी किसी भी बात का जवाब दिये बिना वापस लौट गया।

जिन्दगी में बहुत दफा ऐसा महसूस होता है जैसे सपनों की कीमत अदा करने में कितनी उदासियां, कितनी बैचेनियां परेशानियां उधार लेनी पड़ती है और इस उधारी का ब्याज रोज के तमाम दु:खों से चुकाना पड़ता है।

मोरा होशियार है, समझदार है पर साधन सम्पन्न नहीं। सपने इंसान का वजूद बनाते हैं कभी-कभी वजूद की तलाश में सपने कहीं कोहरे और बादलों के तालमेल में खो जाते है जिन्हें अलग कर पाना बमुश्किल होता है।

आज श्यामा नहीं आई तो मन व्याकुल हो उठा। आखिर मेरे दोस्तों के खिसयानी अंदाजे सही थे, मुझे यहां रहते फूहड़गिरी की लत लगी थी। पर असल में, मैं जीवन को करीब से देख पा रही थी। दिन भर मोरा की उदास आँखें मेरी व्याकुलता को ओर

बढ़ाए जा रही थी। इतवार का दिन थोडा मुश्किल और दबदबी बैचेनी वाला होता है। काम करने की भी एक लत है, व्यस्तता मानो जीवन का एक अभिन्न अंग हो गई है, इसके बिना हम निहायती अधूरे है।

दोपहर का समय और बाँगड़गढ़ की चुपचाप गलियां चिलचिलाती धूप और सामने खड़ी एक विशालकाय हवेली 'सॉझ' और इन सबमें चार चांद लगाने को मेरे इतवार का आखिरी हिस्सा... 'पुरानी यादें, मीठी वेदनाऍ, अधूरे सपने और अपनों की तीखी तेज वाली बातें' और एक लम्बा काफिला सुनहरी यादों का, बेअंदाज और मस्तमौले दोस्तों की तस्वीरें।

रसीला बिना दरवाजा खटखटाये बेधडक अन्दर चली आई, बाईसा! मैं उसके इस अंदाज पर हर दफा मन ही मन क्रोधित होती हूँ पर उससे जताने की हिम्मत नहीं जुटा पाती हूँ।

नयी पीढ़ी के लोग है हम, भला भावों को मन की असीम गहराईयों मे छुपा लेना हमसे बेहतर कौन जानता है, अजनबियों से हम शिकायत नहीं कर पाते, अपनों से दलीलों की सीमा नहीं तय कर पाते। काश! अनजानों से मुखबरी करना और अपनो से ठीक लहजे में बात करना हम सीख लेते तो शायद जीवन के वास्तविक मकसद से रूखसत ना होते।

'हाॅ। यहां हूँ रसीला, अन्दर आओ!' 'बाईसा ठकुरानी सा ने बुलावा भेजा आपके लिए।' वो इतना कहकर बेअदबी से मुड़ी जैसे मुझसे दो मिनट बात करके उसके कीमती समय को वो जाया नहीं करना चाहती

'मुझे बुलाया! क्यूं रसीला! आखिर मुझसे क्या काम हो सकता है ठकुरानी सा को। मेरे प्रश्न को उत्तर से सॅंवारने का सौभाग्य तो आज इतवार के दिन में था ही नहीं। रसीला वापस चली गई। मैं मन में हजारों बेफिजूली के अंदाजे लगाने लगी, शायद इसलिए बुलाया होगा, नहीं हो सकता है यूं ही बुलाया होगा पर हवेली में कोई कार्यक्रम तो नहीं है, होता तो श्यामा जिक्र जरूर करती।

पर ये भी तो निगोड़ी सुबह से नहीं आई है, जब काम हो तो फुर से गायब हो जाती है, किसी भी काम की नहीं।' मैं अन्तर्मन को सवालों से कुरेदने लगी।

धैर्य वस्तुत: बेहद कमाल की चीज है परन्तु आधुनिक समय भाग दौड़ का है। बचपन से ही दादी सिखाया करती थी कि बेटा! 'धीरज राखिज्यो! धीरज रो फल देर जरूर हुवे पर मीठो हुवै है।'

ये दादी-नानियों के किस्से भी पृथ्वी पर किसी प्रजाति के लुप्त हो जाने जैसा है, शहर की परवरिशें और वक्त को कचोटते तेजी से चलते पॉंव जो ना धूप से डरते हैं, ना छाँवमें रूकते हैं, ना दादी के किस्से सुनते है और नानी की मस्करियॉं। अब बच्चे कँधों पर भार ढोते हैं वजन की थपेड़ सहते है, बड़ों के सपनों को सिखाए तोते की तरह रट लेते हैं और अपनी वास्तविक ताकत को पहचान ही नहीं पाते, जीवन में इस धीरज नाम की चिड़िया से बहुत दूर, मेरे जैसे छोटी-मोटी बात पर बकुला जाते हैं, सब्र की गुजाइंश ही खत्म हो जाती है।

खैर मैं हवेली से आए बुलावे को धैर्यपूर्वक सोचते हुए इस निष्कर्ष पर पहुँची कि एक बार जाकर आती हूँ, कोई दफ्तरी

काम भी तो हो सकता है। मैं तैयार होकर जाने लगी, मुझे श्यामा की खास जरूरत थी आज क्योंकि हवेली की मार्गदर्शक वही थी मेरे लिए। परन्तु जब जिस चीज की जरूरत हो आवश्यक नहीं कि वह उस समय हमारे साथ रहे। पिछले दो वर्ष में बिना किसी कार्यक्रम के हवेली से कोई बुलावा नहीं आया था, पर आज अचानक क्यू! क्वार्टर से निकलते -निकलते यही विचार बार बार आ रहा था। अक्सर बार-बार एक ही ख्याल मन में आए तो उस पर हमारा नियंत्रण मुश्किल हो जाता है।

जेठ के महीने की गर्मी और गर्म हवाएं 'लू' की थपेड़ों के बीच मैं इस महज दो सौ मीटर की दूरी को कोसो जैसा महसूस कर रही थी। 'साँझ' हवेली के सामने खड़ी थी मैं, परन्तु इस तरह अकेला जाना मेरे लिए आज तक का सबसे कठिन कार्य लग रहा था। मैं पारम्परिक लिबास से भिन्न जींस कुर्ता पहने थी, हवेली में हर कोई एक तरह के कपड़े पहनते हैं परन्तु श्यामा ने मुझे बताया कि यहां कपड़े के रंग से पता चलता है कि उसका जीवन किस अवस्था में है। मेरे लिए यह मानना बहुत कठिन था कि कैसे काले कपड़े पहनना विधवा की निशानी है और चटक लाल सुरीखे रंग नयी नवेली बहू की और थोड़ा फीके रंग की पोशाक प्रौढ़ महिला और हवेली की नौकरानियां पुराने फटे कपड़े पहने मिल सकती है। मैं कपड़ों से औरतों को पहचानने का हौसला रखती थी। नयी जमाने की नयी सीख, हम जैसा पढ़ते है वैसा एप्लाई करते हैं तथाकथित ये फिजिक्स के आइन्सटीन एनर्जी के फॉर्मूले को असल जीवन में कहां एप्लाई करना है मैं आज तक नहीं समझ पायी परन्तु इतनी समझ वक्त से सीखी कि आज की शिक्षा प्रणाली से जो सिद्धान्त

फार्मूले सीखे जाते हैं वो रोजगार मुहैया करा सकते है, परन्तु एक अच्छा जीवन पाने के लिए आधारभूत समझाईश परिवार से आती है, अपनों से आती है। शायद अपनों के बीच रोजगार ने इतनी दूरियां कर दी है कि हम असल एप्लीकेशन समझ नहीं पा रहे हैं।

रूहानी बाईसा दूर से मुझे देखकर दरवाजे पर दौडी आ रही है। 'मॉसा सामने वाली दीदी आई है।' ऐसा कहते हुए रूहानी मुझसे लिपट जाने को हुई है।

'कैसे हो छुटकू' मैं भी अभिवादित करती हूँ। श्यामा जो सुबह से लुप्त हुयी थी, बाहर निकलकर आई और 'आओ बाईसा' कहकर मुझे आतिथ्य देने की कोशिश में लग गयी है। श्यामा मुझे ठकुरानी सा के कमरे में ले आई है। घूँघट की ढ़ांप में ढ़की चार-पांच औरतें, कुर्सी पर बैंठी 'भाभासा' और सामने एक आसन पर बैठी मेरी आदर्शवादी किरदार 'ठकुरानीसा'। कमरा यूँ तो मेरे क्वॉटर जैसा ही चौड़ाई लम्बाई में था परन्तु ये सुसज्जित था, खुशियों की चहचहकी थी यहां, ठकुरानी सी अदबी मिजाज की खुशबू थी यहां, घूँघट की ढ़ॉप थी जो मैं हमेशा से एक बाधा समझते आई थी स्त्री के लिए परन्तु ऐसा मुस्कराते हुए स्त्री का अंदाज मैने पहले नहीं देखा था। श्यामा मुझे सबसे मिलवाने लगी।

मेरे अन्दर प्रवेश करते ही ठकुरानी सा खडी हो गई, 'खमा घणी बाईसा'। भाभासा उठने का प्रयास करने लगी श्यामा की सहायता से। मैंने झुककर पैरों में नमस्कार करके उनके प्रयास को सफल बनाने की कोशिश की। शायद आतिथ्य की एक नयी परिभाषा पिछले वर्षा में बाँगड़गढ़ ने मुझे सिखाई।

बाकी सब महिलाएं भी उठकर पल्लू को सर को लगाते हुए अभिवादन करते हुए बोली 'पगा लागूं बाईसा!' राजस्थान के रिवाज आज भी उतनी ही संजीदगी से धरोहर की तरह सहेजे हुए हैं, विकास की रेखा कालान्तर में हमारे मन-मस्तिष्क को बदलने में अगर सक्षम हुई तो हम एक सुदढ़ नींव को तोड़कर कच्ची-पक्की मंजिलों पर आहें बुन रहे होगें संस्कारों के छलनी पश्चाताप की। भाभासा के कदमों में झुककर आज मैं रूऑसा हो आई, मुझे उन बडी शख्सियत का अपने सामने उठ जाना किंचित भाया नहीं।

प्राइवेट नौकरियॉ करते करते हम अपने से दो कदम सीनियर के सामने झुकने में भी कितनी कोताही बरतते हैं 'परन्तु झुकना व्यक्ति को ऊँचा उठाता है'। फल आने पर बेर की झाडियां जमीन को चूमने और हमारे सामने झुकने को हो जाती है ताकि हम फलों में साझेदारी ले सके, बशर्ते कांटे भी होते है इन झॉडियों में परन्तु मीठे फल भी।

यहीं रीत है जीवन की, माना कि अपने बड़ो की कुछ सख्तियां कॉटों की चुभन जैसी होती है परन्तु मीठे प्रेम की अमिट छाया भी होती है। आज के परिपेक्ष्य में हम बहुत फास्ट हो गए है, मीठी प्रेम वेदनाओं को झटकारना सीख गए हैं। ठकुरानीसा के अभिवादन का जवाब मैं इन सबके बीच नहीं दे पाई। अक्सर हम अपने आदर्शवादी चेहरे को वो तवज्जो देना चाहते है जो उन्हें किसी ने ना दी हो परन्तु किंचित भी गलती ना करने के डर से हम अपने आप को रोक लेते हैं। मैं भी जाकर श्यामा के दिए आसन पर बैठ गई। भाभासा ठाकुरसा की वृद्ध माताश्री हैं। वृद्धावस्था के इस मोड़ पर भी आँखों में चमक

और जिजीविषा कमाल की है। सिल्वर रंगीन बाल और सफेद, हल्के कपड़ों में अपने आप को ढाँपे भाभासा को देखकर लगा कि हवेली के पुराने इतिहास की हर मौसम की साक्षी रही है भाभासा, चेहरे की हर झुर्री, बदलते मौसम का प्रमाण है परन्तु चमक शायद उस सकारात्मकता की है जो वो अपने विचारों में रखती है। उनके पति ठा. समर सिंह का नाम पूरे बाँगड़गढ़ में गर्व से लिया जाता है। शायद इसी बात की चमक भी हो सकती है।

आखिरकार है तो स्त्री ही...... पति की इज्जत, शान औरतों की प्रभा का कारण हो सकती है परन्तु क्या किसी औरत का पुरूष से ऊँचा कद समाज सहर्ष स्वीकार करता है, फिर यह मुद्दा पुरूषों के आत्मसम्मान को ठेस लगने जैसा क्यूँ हो जाता है। एक पिता अपनी बेटी के ऊँचे पद की कल्पना तो करता है परन्तु बेटे की खातिर ऊँचे औहदे की बहू लाने से अक्सर इसलिए कतरा जाता है "बड़े पद की औरत घर नहीं सँभाल सकती।" स्त्री जाति म्यूजियम की लगायी प्रदर्शनी जैसे क्यूँ ऑकी जाती है। आप स्त्री होने के लिहाजे ये कर सकती है और ये नहीं कर सकती है और ये तो आपके बस का ही नहीं और जो आपके बस में है तो ये हमारे यश में नहीं। कमाल है।

'बाईसा, आज श्यामा ने आपके बारे में काफी देर हमसे चर्चा की तो हमें लगा कि आप इतवार के दिन अकेला महसूस करती होगी तो आपको बुलावा भिजवा दिया, परेशान तो नहीं हुए ना आप।' ठकुरानी सा मुस्कराकर बोली। मैं श्यामा की तरफ संदेह से देखते हुए बोली, नहीं परेशानी वाली क्या बात है, अच्छा किया आपने हमें आप सबसे मिलकर 'घणों आनन्द हुयो'।

मेरी बात पर सब ठहाका लगाकर हॅसने लगे, राजस्थानी भाषा को बोलने का जो प्रयास किया मैंने। ठकुरानी सा ने परिचय करवाया कि घूंघट में बैठी दो औरतें उनके बेटे की बहुएं थी। ठाकुरसा के चार बेटे और दो बेटी है। बडे बेटे कल्याण सिंह और उनकी पत्नी सेना में क्वार्टरों में रहते हैं। मध्य वाले बागसिंह और मुंशीसिंह भी बाहर नौकरियां करते हैं और उनकी पत्नी भी उनके साथ शहरों में रहती हैं, अभी दो-तीन दिन से हवेली आए हुए हैं। ठाकुरसा के सबसे छोटे बेटे हैं कुंवर लक्ष्य प्रताप सिंह, लक्ष्य एल;एल;बी किए हुए हैं और आजकल बाँगड़गढ़ की गलियारों में समय व्यतीत करने में वकालत का अभ्यास कर रहे हैं।

कुंवर लक्ष्य से हमारा सामना पिछले दो वर्षों में महज दो-तीन बार हुआ है जबकि वो यहां बाँगड़गढ़ में ही रहते हैं परन्तु जब पिछली बार मेरे दफ्तर में गोपी से बात करने आए थे तो मेरा सामना हुआ था। गोपी श्यामा का शराबी पति जो रोज नये कौतूहल का विषय बना रहता है।

तब कुंवर लक्ष्य से हुई नोंकझोंक में उन्होंने जो बात कही वो आज भी मेरे दिमाग में यूं ही रहती है, 'ये ज्यादा पढी लिखी कम दिमागी अक्ल की औरतों से मुंह नहीं लगाता मैं ऐसा कहकर वो उस दिन मेरे दफ्तर से गये थे, तब से लेकर आज तक कभी दिखे ही नहीं। मैं कई दिनों तक इस विषय पर विचार करती रही कि एक मजबूत विरासत और सर्वांगीण किरदार के धनी ठाकुरसा के बेटे के विचार एक कामयाब स्त्री के लिए ऐसे कैसे हो सकते हैं - परन्तु मैं बड़े घर की बिगड़ी संतान पहली बार तो नहीं देख रही थी, ये वाकिया तो यूनिवर्सिटी के

जमाने से चला हुआ है 'जिनको किस्मत से सब मिलता है तो मेहनतकश इंसान की कद्र कभी नहीं कर सकते,' ऐसा मेरा मानना यूनिवर्सिटी के जमाने से था जब कक्षा में किसी भी मुद्दे पर बहस हो जाती थी तो मेरे सहपाठी जो शायद अपर क्लास से आते हो यह कहकर मजाक बनाया करते थे। 'चुड़ैल अव्वल'। खैर! दोस्तों के बीच हुई खिसियानी हँसी में तब वो किस्से बेमुरौवत लगते थे पर जब कुँवर लक्ष्य की बातें सुनीं तो मुझे यह विश्वास हो आया था कि शख्सियत बनाने के लिए ना किस्मत चाहिए, ना पैसा, ना मजबूत खानदान, बस एक सुगम दृष्टि चाहिए जो सबको अपने समान तराजू में तोलें, ना किसी का पलड़ा ऊपर समझे और ना किसी के नीचे आते पलड़े को देखकर तोहिन करें। आज की युवा जनरेशन में खूब लक्ष्य भी होगें और चुड़ैल अव्वल भी,...................

वक्त किसको कैसे सहेजता है ये कोई नहीं अनुमानित कर सकता।

ठकुरानीसा की बहुओं को हवेली में सभी कँवरानीसा कहकर बुलाते हैं। 'कँवरानीसा जाओ, बाईसा को आपणी बातां सुना दयो'। ठकुरानीसा ने उनको मेरी हम उम्र समझते हुए साथ भेज दिया ताकि मैं उनसे खुलकर बातचीत कर सकूं। अब मैं अपने जैसे दो किरदारों के साथ थी, शहर में पढ़ी लिखी औरते जो बाँगड़गढ़ आई होंगी और बस फर्क इतना था वो अब बाँगड़गढ़ कभी-कभी आती होंगी और मैं पिछले दो वर्षो से यहीं की होकर रह गई हूँ। मेरे सामने दोनों ने घूँघट ऊपर करते हुए उफ! उफ! गर्मी में जान ही निकल गई, ऐसा करते हुए खिसियाने लगी।

मेरा ये मानना गलत था कि वो खुश थी। उस दिन हमारी खूब चर्चाएँ हुई, वस्तुत: वो उम्र में मुझसे बड़ी थी परन्तु हमारी बातों का विषय एक जैसा था। बड़ी कँवरानी सा दिल्ली में रहती हैं, उनके बच्चे दक्ष बाईसा और मून बन्ना वहीं पढते हैं और छोटी कँवरानी सा जालंधर रहती हैं उनके बच्चे वैशाली बाईसा और रेयांश बन्ना कभी आज तक हवेली आए ही नहीं हैं। छोटी कुंवरानीसा अपनी वार्ता में बार-बार मुझे यही जताती है कि हवेली की पुत्रवधु बनना उनके लिए जीवन का सबसे दुर्भाग्यपूर्ण रहा क्योंकि यहां इतनी मर्यादाएं है, समय सीमा है और न जाने कितने रीतिरिवाज, जो हम जैसी पढी लिखी औरतों के लिए निभाना बेहद मुश्किल है। ऐसा ही पक्ष बडी कुंवरानी सा का था कि हवेली में बच्चों को लाकर यहाँ के गलत ढोंगी रिवाज नहीं सिखाना चाहती। वो अपने बच्चों को शहरों की अच्छी बडी स्कूलों में पढ़ाकर कामयाब बनाना चाहेंगी ना कि बाँगड़गढ़ में रहकर निहायती फूहड़ देशी बनाने के।

'आप तो समझती हैं बाईसा, यहां रहना कितना मुश्किल है, मैने तो शादी के बाद जिद्द करके कुँवरसा के साथ जाना उचित समझा, आखिर बच्चों के भविष्य का प्रश्न था।'

छोटी कुँवरानी सा मुझसे खुलकर सारी बातें साझा करने लगी। उस दिन मैं विभिन्न तरह के संवाद के पश्चात् समझ नहीं पाई कि कब दोपहर से शाम हो आई। मैं ज्यूंहि क्वार्टर में लौटने को हवेली से निकलने को हुई, भाभासा और ठकुरानीसा मेरा अभिवादन करते हुए दरवाजे तक छोडने आई मैने पीछे मुड़कर बार बार देखा, जब तक कि अपने घर तक नहीं पहुंची वो वहीं खडी थी।

पिछले दो वर्षों में किसी प्रश्न ने मुझे इतना झकझोरा नहीं होगा जितना आज मैं व्याकुल थी। शायद इतवार और व्याकुलता का हमारे जीवन में घनिष्ठ सम्बन्ध हैं। मुझे श्यामा की वो बातें आज तरोताजा हो आई कि 'ठकुरानीसा के भाग फूटे है बाईसा, सबके होते हवेली निरी सूनी लागै है बाईसा'।

जिस हवेली के जीवन को मैं अब तक सम्पूर्ण आदर्शवादी समझती थी, आज उसी घर की दो पुत्रवधुओं का विचार भिन्नता मैं सुनकर आ रही थी।

क्या जो दिखता है वो होता नहीं। हवेली में रहना क्या इतना मुश्किल है, क्या परिवार समाज की मर्यादाए हमारे लिए गलघोटू एक दायरा बना देती है, जैसा कँवरानीसा कह रही थी। क्या बच्चों की अच्छी परवरिश के लिए अपनों से दूर ऊंची-ऊंची इमारतों में रहना जरूरी हैं। शहर के दो बी;एच;के फ्लैट में खाली स्थान ज्यादा होता है और इस बाँगड़गढ़ की 'सॉझ' हवेली में कुँवरानीसा को स्पेस कम लग रहा था। या रिश्तों के बीच की दूरियां अक्सर अलग अलग रहना नहीं होता बल्कि ये वो वैचारिक झरोंखा है जो एक पीढी और दूसरी पीढी के बीच दीवार की तरह खडा है जिसके आर-पार हम देख तो सकते हैं परन्तु मनभेद की सीमा को लॉघकर उस पार जाना हमारे लिए असंभव हो जाता है क्यूंकि हम अपने बेहतरी का एक दायरा निश्चित करना चाहते हैं। ऐसे बहुत सारे प्रश्न मेरे मस्तिष्क में चल रहे थे कि एक बार फिर श्यामा मेरे दरवाजे पर दस्तक ले आई थी।

'बाईसा! चाय बना ली क्या। आज सुबह से निगोडा शराब पीकर गॉव बस्ती में उत्पात कर रहा है, इसको समझाओं ना

आप बाईसा, मेरे बस का नहीं है मेरा आदमी। तंग आ गई हूँ इस जिन्दगी से, कभी कभी लगता है बाईसा, छोरे को जहर दे दूँ और खुद गंगाजी में कूद जाऊं, ये आदमी मुझे जीते जी मार रहा है' श्यामा बडबडा रही थी। मैं सुबह से जैसे उसके आने की राह ही देख रही थी परन्तु ये जता दूं उसे कि मैंने उसकी इन बातों का इंतजार किया, ये मेरे सम्मान पर प्रश्नचिन्ह लगा सकता था।

इसलिए मैंने उससे पूछा, 'क्या हुआ श्यामा। तलाक क्यूं ना दे देती उसे।' 'ई' कांई कहो बाईसा, औरत को मर्द को सहन करना पडता है, पूरा बाँगड़गढ़ में कोई रो तलाक सुण्यो! है बाईसा, म्हारा माथा पर इस्यौ कलंक, ना बाबा ना बाईसा! आपरी अंग्रेजी की खिटपिट अठै ना चालै।' वो नाराज हो गई और उठकर जाने को हुई। मैंने उसको प्यार से बुलाया।

'अरे ऊ! श्यामा! चाय बनाते हैं ना! आओ और सुनाओं हवेली के किस्से।' जैसे रूठा बच्चा तुरन्त चॉकलेट दिखाते ही भाग आता हो, मेरी श्यामा भी बातों को तोड़मोडकर सुनाने की लालची थी। वापस लौटकर आते हुए कहने लगी, अदरक कम डालना बाईसा, गरमी करती है जेठ को महीनो है। मैं हॅसकर अन्दर रसोई में चली आई। बाहर बैठी श्यामा की बातों को अनसुना करने गाने गुनगुनाने लगी।

'श्यामा। ये मोरा का घर कहां है' मैनें श्यामा की बातों को विराम करते हुए पूछ लिया। श्यामा चाय को चखकर मुख बिचकाते हुए बोली, 'निरी चीनी है बाईसा।' मैं गुस्से में तनिक मुस्कारने का प्रयास करने लगी।

'बाईसा यो मोरा को ज्यादा मुंह नहीं लगाना बाईसा, कोई नै नहीं पता, कहां से आया है।' मैंने आश्चर्यजनक भाव से श्यामा को देखा। मतलब यहां घर नहीं है उसका। 'नही बाईसा, कोई गॉव से भाग कर आया है, सब लोग यही कहते हैं, अब गॉव में मजदूरी करके एक छपरी बना रखी है। अब देखों बाईसा दस बारह में कौन टाबर आपरो घर बसावै न्यारौ। मैं कह रही हूँ आपको इसको ज्यादा सर पर चढ़ाने की जरूरत नहीं है बाईसा।' श्यामा की बातें सुनकर मेरा मन और व्याकुल था।

मोरा एक खुशमिजाज जिंदादिल लडका समझ आता था, भला अकेला रहता है! अक्सर समाज की कुछ परिस्थितियॉ बच्चों के मन को आघात पहुँचा देती है। हम चाहे तो हर बच्चे को एक अच्छा भविष्य दे सकते हैं। परन्तु प्रणाली ऐसी ही बनी है कि जब तक अपनेपन की मोहर नहीं होती हमारा मन किसी के लिए अच्छा सोच ही नहीं पाता। श्यामा की बातों को मैं कुछ देर तक और सुनती रही। रात ढल आई थी, 'हवेली में रात्रि की चहल पहल सुनते ही श्यामा दौडी चली गई। दिन भर की थकान से चूर मैं छत पर टहलने निकल आई। कानों में पुराने संगीत की धुन लगाए, पजामें की जेबों में हाथ डाले, मस्ती से झूमती मैं इस छोटे से बाँगड़गढ़ की जलती बुझती रोशनियों को देखकर आनन्दित महसूस कर रही थी। चारों और पहाड़ियों से घिरा, हरियाली से सुशोभित ये बाँगड़गढ़ की रातें उतनी ही ठण्डी थी जितनी कंडाके की ठण्ड हुआ करती है। दिन में गर्मी और रातें ठण्डी शायद यही पाठ सिखलाती हो कि जीवन भी ऐसा ही है अवि!

कभी दुखों को सहन करना पड़ता है तो यह कहकर सहनशक्ति खुद में इजात करनी चाहिए कि कुछ समय बाद अच्छा और बेहतरीन समय भी आएगा जिसका आर्विभाव तभी होगा जब आप इसी कठिन समय को झेलकर झरोखे के उस पार असीम खुशियों की ठण्ड देख पाऐंगें। रेगिस्तान की धरती की ये बालू रेत की फितरत है ये जल्दी ही गर्म हो जाती है, और जल्दी ही ठण्डी, यहां के लोग भी ऐसे ही है प्रेम लपकी बातें करते है और गुस्सा बहिष्कार कर देने जितना। तारों की टिमटिमाहट और चॉद की आँख मिचौली बादलों की बीच देखकर आज कई पुरानी यादें ताजा हो आयी। मैं यूनिवर्सिटी से निकली ही थी कि घरवालों ने किसी स्थायी नौकरी का चयन करने और घर बसाने की सलाह दी, आखिर उन्हें एक लड़की होने के नाते इसी में मेरी बेहतरी लगती थी।

आजादी भी गुमराह करने वाला शब्द है, बचपन से आजाद मिजाज, आजाद विचारों की परवरिश देकर जब युवावस्था के मोड़ पर खुद को आजाद जीने की बारी आती है तो क्यूं सबकी नजरें गुलाम बनाने को हो आती है। मेरे लिए वस्तुत: किसी संस्था के अधीन नौकरी करना भी गुलामी के जैसा था, आखिर सुबह-शाम किसी की बात बिना बोले चुपचाप सुनना भी आजादी को भंग करने जैसा था यही समस्या है हम आज की पीढ़ी की, हम स्थायित्व को नहीं चुनते बल्कि अस्थायी किन्तु आजाद जिदंगी चुनना चाहते हैं, झरोखें से खड़े उस पार हमारे बड़े हमें स्थायित्व का पाठ पढ़ाने की हर संभव कोशिश करते हैं। ऐसे ही कुछ ख्यालों के ख्याली पुलाव पकाती मैं भी, अपना कुछ अलग नया काम करना चाहती थी। अब दिमाग

में ना कोई योजना थी, और ना कोई निश्चितता। रोज इसी वैचारिक भिन्नता पर अपनों की बहस, रिश्तेदारों की फिजूली सलाहें और अनवरत मेरे लिए लिए जाने वाले बेतुके निर्णयों से तंग आकर मैंने आखिरकार सरकारी जन सेवा को मेरे लिए उचित मान ही लिया। अब उस शहर की चकाचौंध मेरी आँखों में चुभती थी।

वो ख्वाब जो यूनिवर्सिटी के जमाने से दिल में बसाकर रखे थे, सब वक्त में धूमिल होते नजर आ रहे थे। मैंने जानबूझकर शहर से दूर राजस्थान के इस गांव में पद स्थापित होने का निर्णय लिया ताकि मैं अब उन ख्याली पुलावों से दूर वास्तविक जीवन को जी पाऊं। अपनों से हुई नोंक-झोंक कभी-कभी इतनी लम्बी खींच जाती है कि उन उलझे धागों के सुलझाना मुश्किल हो जाता है। बेशक अपनों का प्रेम हमारे जीवन की प्रेरणा होता है परन्तु कभी-कभी यही प्रेम हमारे लिए जब अतिशय होकर बाधा बनने लगे तो मीठी वेदना देने लगता है। समय के पास हर घाव की मरम्मत होती है।

अब बाँगड़गढ़ के इस अनजान अपनेपन ने मुझे अपनों की याद दिला ही दी।

कभी-कभी पत्थर बनना उचित नहीं होता, इंसान को मिट्टी का ढैला जैसा ही होना चाहिए जो बारिश की बूंदों में पिघलकर भी अपने माटी अस्तित्व को बनाए रखे। पत्थर का टूटना मुश्किल जरूर है परन्तु टूटे पत्थर का अस्तित्व कायम नहीं रहता। कठोरता जीवन का अवश्यमभावी गुण है परन्तु कोमल चित्त व्यक्ति को सहज बनाता है, हर स्थिति में ढलने की शक्ति देता है।

रात काफी हो आई। पलकों के कोर पर पड़ी आंसू की बूंद शायद पश्चाताप की थी वो नासमझियां जो मैंने अपनों से बर्ताव करते समय करी हो। कितनी ही बड़ी नदियों का सैलाब हमारे हृदय रूपी समन्दर में समा जाता होगा जो इन छोटी-छोटी बूंदों के रूप में तसल्ली देने में जाया होता होगा। बचपन में जब भाई बहनों से लड़कर सो जाया करते थे तो पिताजी की डॉंट से, भोले मन से रोने की सिसकियां भरते जब हम आपस में एक-दूसरे की आँखों पर हाथ लगाकर यह पता किया करते थे कि 'रो तो नहीं रहा है छुटकू।'

परन्तु अब समय ने इतना समझदार बना दिया है कि ना किसी के पास रोने की वजह पूछने का समय है और ना परवाह करने का। बचपन और जवानी के बीच के झरोखें की दीवार अब पूरी चुन दी गई है।

अगले दिन सुबह जल्दी उठकर मैं दफ्तर जाने की तैयारियां कर रही थी कि मोरा फिर दरवाजे पर था, 'बाईसा'। "आज सब्जियां नहीं थी मोरा के पास"। मैंने गौर से उसे देखने की कोशिश की वो एक एडमिशन लेटर लेकर खड़ा था, बाईसा! इसको जमा करवाना है आप अभिभावक की जगह हस्ताक्षर कर देंगी।

"क्यूं रे मोरा, अभी तक किससे करवाते आ रहे थे।" "बाईसा अब अकेले ही रहते हैं"। आप कर दे तो हमारा उपकार होगा।" मैंने मोरा से एडमिशन लेटर लिया और उस पर साईन कर दिये। मोरा प्रसन्न भी था और उदास भी। पास की सरकारी स्कूल से फॉर्म ले आया था आज सुबह ही, परन्तु शायद उसे आगे के खर्च की चिन्ता थी।

"मोरा तुम शाम को दफ्तर चले आना" मैंने उसे ये कहकर अभी के लिए रवाना कर दिया। आज दफ्तर में काम बहुत रहा परन्तु मैंने गोपी से कहकर 9वीं कक्षा की कुछ किताबें और जरूरत का सामान बाजार से मंगवा लिया था, सोचा शाम को मोरा आएगा तो खुश होगा।" मैं पांच बजे से ऊपर हो जाने के बाद भी दफ्तर में बैठी थी, अधीनस्थ यही फिराक में थे कि जैसे ही मैं निकलूं वो भी अपने-अपने घर को जा सके परन्तु मैं आज मोरा के इंतजार में थी। वो मजबूत इरादों

वाला बच्चा जो अकेला जमाने में अपने वजूद को बनाने में लगा था, पता नहीं कारण जो भी हो परन्तु मुझे मोरा के हौसले पर ताज्जुब था।

घड़ी टिक-टिक समय बढ़ा रही थी। जब इंतजार करो तो समय भी बेवफा साथी की तरह होता है धीरी-धीरे गुजरता है। मोरा नहीं आएगा ये सोचकर मैं दफ्तर से निकल गई, अधीनस्थों ने भी राहत की सांस ली। बाँगड़गढ़ के बीचों-बीच एक बहुत पुराना मंदिर है, मैं अक्सर शाम को वहाँ जाया करती हूँ। जब भीतर सुकून ना हो तो कहीं आराम नहीं मिलता। मैं आज मन्दिर आई थी सुकून की तलाश में कि मुझे सामने ही मोरा दिख गया। मैंने उसे आवाज लगाने की कोशिश की परन्तु वह मेरी आँखों से ओझल हो गया।

हम मन्दिर में ईश्वर से न जाने कितने कृपा की गुहारें लगाते हैं पर मन्दिर के बाहर बैठी हाथ फैलाए सैकड़ों के कतारें सुबह से शाम तक वहीं बैठी रहती है, अगर ईश्वर ही गुहार सुनता है तो उनकी कतारें छोटी क्यूँ नहीं हो जाती। परन्तु हम बदलाव को समाज की जिम्मेदारी समझते हैं और समाज एक जरिया है हर स्थिति को टाल देने का। अगर इन कतारों में एक-एक व्यक्ति की जिम्मेदारी एक दिन भी समाज पर ना डालकर हम लें तो शायद मन्दिर में बैठा ईश्वर हम पर और इन कतारों पर रहम करें।

लौटते वक्त मैं हवेली के सामने से ही गुजर रही थी। ठकुरानीसा की एक झलक पड़ी, जीवण को कुछ काम समझा रही थी। घर पहुँचकर देखा तो सामने मोरा बैठा था।

"क्यूँ रे मोरा आज दफ्तर बुलाया था ना।" आए नहीं।" मोरा नजरों को इधर-उधर घुमाकर कहने लगा।

"वो सेठजी ने पक्की नौकरी पर रखा बाईसा! कल से वहीं जाएंगें।" "फिर पढ़ाई मोरा॥" "बाईसा हमारे जैसों को किस्मत में कहां बाईसा! अब आप ही देख लो आज ही सेठजी ने काम पर रख लिया है, "म्हारी जिंदगी सेठजी की है बाईसा"! मां बाऊजी ने चावल-पानी की खातिर सेठजी को दिया था, अब म्हारै भाई-बहन गाँव में आराम से रहते है क्यूंकि हम यहाँ सेठजी का कहा करते हैं।"

मोरा ये कहकर उठ जाने को हुआ। देखों मोरा! फॉर्म भर दिया है तो पढ़ाई जारी रखने का मौका है तुम्हारे पास, लो हमने किताबें भी मँगवा ली है।" "किताबों को देखते ही मोरा की आँखें चमक उठी।

जिसके पास शायद जो नहीं होता, उसकी कमी को वही पहचान सकता है। कभी इस तरह की चमक हमारे जीवन में नहीं आई होगी, ऐसे किताबों को देखकर क्यूंकि हम उन आसानी से मिलने वाली चीजों को कद्र नहीं कर पाते।

"आप ठीक कहती है" बाईसा, मैं काम के साथ पढ़ाई भी करूँगा। आप रो बहुत आभार बाईसा।" मोरा किताबों को सीने से लगाकर चला गया।

आज सुकून था और बाँगड़गढ़ के मन्दिर में आज ईश्वर से मोरा के लिए दुआ माँगी थी। रोज की तरह श्यामा दूर से आती नजर आ रही थी। मैं सोफे पर जाकर सुस्ताने लगी और श्यामा अपनी आदत से मजबूर कड़क चाय बनाने चली गई।

"मोरा क्यूँ आया था' बाईसा! और गट्टर आपने दिया है उसे।" श्यामा सवालों पर सवाल करने लगी। "मैने प्रत्युत्तर देना आज उचित नहीं समझा।

कुछ बाते हम समझा नहीं पाते, कुछ सपनों की कीमत वहीं समझा पाता है जिसने अपने सपनों को आगे घुटने टेकने पड़े हो।

अब मैं श्यामा को कैसे समझाती कि मोरा के इरादों में मुझे अपने बचपन की याद आती थी, उसकी बातों में मेरा अक्स दिखता था, बस फर्क साधनों का था, मैंने कमी को नहीं झेला तो मोरा को मैं कमी से बचाना चाहती थी।

इतना फर्क तो है हमारी आज की पीढ़ी में और पहली पीढ़ी में, हम सपने देखना और उनके लिए हर कीमत अदा करना सीख गए परन्तु सपनों की राहें हमे अपनों से दूर ले आई है। काश! दोनों का मेल बनाया होता जो सबके हित में होता। श्यामा की कड़वी चाय की आदत अब मुझे कम और उसकी आस-पास की बेफिजूल बातों की लत अधिक थी।

"कुंवरानी सा आज लौट गए, बाईसा! आप तो मिले थे कल उनसे।" श्यामा लम्बा सॉस खींचे हुए बोली।"

मैं मन ही मन सोच रही थी कि जो दस्तूर को आते हो, जो मजबूरी से रिश्ता निभाते हो, उनका रूकना और उनको रोक पाना संभव नहीं है श्यामा।" इस अजीब तरीन विरासत वाली हवेली के हिस्से आखिर मीठी वेदनाएं प्रेम संग आई है। मोरा की चमक से आज का दिन सफल रहा, ऐसा सोचकर मैंने चाय की कड़वी घूँट को स्वाद के लिहाजे मीठा मान लिया।

एक झरोंखा

पिपराही के घने रास्ते पर बैठकर

मैंने कुछ पुष्पलिह देखे,

रॉकड़ और पुष्पवाटिका कितनी सुनसान है,

रसीले भ्रमर किस पथ को अनुगत हुए,

मेरी स्मृति, मति का रहा सहा पथ अनजान है।

पुष्पवाटिका तभी से सुनसान है॥

रश्मि जो आती थी, दिनकर से गृह से निवृत्त,

रहसि में डूबी है पथिक की काया,

मन बेचारा तभी से परेशान है।

लगता है पुष्पवाटिका तभी से सुनसान है॥

राजवीथी जो स्वचिन्तन तक जाती थी,

राउर बिगड़े शान को,

हर राउत शैतान है।

पुष्पवाटिका तभी से सुनसान है॥

रिश्तों के गलियारों की महक तराजू पर तोले है,

सुगन्धों को भ्रमर जब से मचोले है,

बागों में खिली कलियाँ तभी से अनजान है,

पुष्पवाटिका तभी से सुनसान है॥

द्वितीय अध्याय

"बाईसा। सब म्हारी गलती है, मैने ऐसा उत्पात नहीं करना था।" गोपी आज दफ्तर में मुझे चाय परोसते आँखों को नम करते हुए कहने लगा। कल तक शराब के नशे में धुत बाँगड़गढ़ की ये कुत्ते की टेड़ी दुम आज यूँ यकायक कैसे सीधी हो आयी थी।

"क्यूँ रे गोपी काका, आज पश्चाताप का बाँध कैसे टूट रहा है।" यूँ तो मैं श्यामा को कोई सम्बोधन नहीं देती परन्तु गोपी को काका कहना मुझे उचित लगता है। अगर आप अपने अधीनस्थ को सम्मान नहीं देते तो वापसी में आपको मिलने की उम्मीदें भी कम हो जाती है।

दुनिया सम्मान की सुई पर टिकी है यहां असंभव कार्य भी तभी निकाला जा सकता है, जब आप अपनी टीम का सम्मान करते हो।

"गोपी फर्श पर बैठकर फूट-फूट कर रोने लगा, मैं इस धड़ाधड़ में समझ ही नहीं पाई कि वो इतना परेशान क्यूँ था। मैने घंटी बजाई तो रामजी अन्दर आए, उन्होंने गोपी को उठाकर ऊपर बैठाया और उससे वजह पूछने लगे।

रामजी मेरे दफ्तर में क्लर्क का काम करते हैं, बहुत ही सरल स्वभाव के व्यक्ति है। ठहाके लगाकर खुद भी हँसते है

और सबकी दिन भर की थकान अपनी मजाक-मस्ती से कम कर देते हैं।

"गोपी क्या हुआ, रामजी बड़ी तसल्ली से गोपी को चुप कराने की जुगत में थे। "मेरा बच्चा मेरी हरकतों से सदा के लिए भाग गया बाईसा! मैं अब किसके सहारे जीऊँ।" गोपी ने आहें भरते हुए कहा।

मैं आश्चर्यचकित थी, श्यामा का बेटा! तभी आज सुबह से आई भी नहीं श्यामा! गोपी ने सुबकियाँ भरते हुए बताया कि कल रात नशे में उसने अपने बेटे को मछलियाँ पकड़कर लाने की बात पर खूब पीटा और रात में कहीं बिना बताए शेरा चला गया।

"अब शेरा कहाँ गया होगा, उसकी निगोड़ी मां के लक्षण भी खराब है बाईसा, बेटे को मेरे खिलाफ भड़काकर कान भर रखे है।"

समय में बहुत बदलाव आया है परन्तु समय के झरोखें के उस पार खड़ी एक पीढ़ी इस पीढ़ी की सहनशीलता का पैमाना अपने मुताबिक क्यूं तय करती है। अब बच्चों की परवरिश ही नहीं है बदलावों को सहन करने की, परिणामत: अक्सर यही होता है कि बच्चें वैकल्पिक रास्ता चुनते हैं बजाय अपनों की फटकार के।

"वीणा के तारों को इतना भी ना कसे कि वो टूट जाए और ढ़ीला भी ना छोड़े कि सुर ही ना निकले।" किसी विद्वान की ये बात अबकी पीढ़ी की समझ के परे है।

मैं श्यामा का सोचकर भी चिन्तित थी आखिर बेचारी का एक ही सहारा था, शेरा।

"गोपी लौट आएगा शेरा! रामजी ने आश्वासन देते हुए कहा। मैंने भी हां में सर हिला दिया। गोपी बार-बार एक ही बात दोहराता रहा।

"निगोड़ी ये मर गई होती, या किसी के साथ भाग गई होती!!! मेरे बेटे को छीन लिया बाईसा!!!!" रामजी गोपी को बाहर ले जाकर समझाने लगे। अक्सर ये सच्चाई है हमारे समाज की, बच्चों की गलतियां मां के सर ही औंधी मारी जाती है। अच्छाई का ओढना सब लेना चाहते है परन्तु बुराई किसी के गले से नहीं उतरती। गोपी की नजरों में श्यामा की फूटी कोड़ी की भी इज्जत नहीं थी।

औरतों को पैरों की जूती समझने वाले मर्द अपने अस्तित्व पर एक प्रश्नचिन्ह लगा लेते हैं। जगदीश्वर को कोख में धारण करने की क्षमता रखने वाली स्त्री 'औरत' भला कैसे हो सकती है। मुझे तो स्त्री जाति के लिए प्रयुक्त ये औरत शब्द भी निहायती कचोटने वाली सी उक्ति लगी है। 'और-रत' दूसरों पर निर्भर भला कैसे है स्त्री।

एक शराबी पति जो आज मेरे दफ्तर के बाहर बैठा आज अपने बेटे के चले जाने से दुखी थी परन्तु अभी भी अपनी पत्नी को दिये दुखों को वो उसका अधिकार समझता था। कैसी गरीब और बेचारी मानसिकता का शिकार होती है स्त्री जाति, अपना सर्वस्व न्यौछावर करके भी आँख के कचरे की चुभन के समान आंकी जाती है स्त्री, शायद यही सम्मिलित कारण रहते होंगे

कि हर एक प्रसूता की चाह एक बेटे की होती है, बेटी को यूँ ही बटोरा और गॅवाया पराया धन समझते हैं।

श्यामा को कितनी बार कहा है कि शेरा को अपने मायके भेज दें, पर वो भी हवेली के चिपकी पड़ी है, आखिरकार हवेली ने दिया क्या है उसे! दो वक्त की रोटी और फटे पुराने लिबास। श्यामा को कितनी ही बार समझाने की कोशिश की तो हर दफा मुझ पर झड़ककर क्रोध प्रकट करती थी

"बाईसा हवेली ने म्हारै को इज्जत बख्शी है, जुग जुग जिए म्हारा ठाकुरसा जो मुझ जैसी बिचारी को बरकत पाने की इजाजत दी, म्हारै बिना कोई काम नहीं चालै हवेली में बाईसा।"

श्यामा ये जताने की हरसंभव कोशिश करती है उसके बिना हवेली में पत्ता भी हिलना मुश्किल है।

बाज दफा हम ऐसी ही गलतफहमियों को पाल लेते है कि कुछ स्थानों पर, कुछ व्यक्तियों के दिलों में हमारी एक विशेष जगह है परन्तु ये सच्चाई नहीं होती। इस संसार में हर एक वस्तु, व्यक्ति और स्थान का मौकापरस्ती का गुण है जो मिला वही उत्तम और ना मिले वो सर्वोत्तम। परन्तु श्यामा सच भी कहती है 'स्त्री के लिए सबसे जरूरी है अपने आत्मसम्मान की रक्षा करना'। शायद गोपी की मार से बचने का अच्छा जरिया है हवेली श्यामा के लिए।

श्यामा हवेली के पीछे बने दो कमरों के मकान में ही रहती है जहां ठाकुरसा के बाकी नौकर भी रहते है। आज मैं दफ्तर से जल्दी निकल आई, सामने से जाने की हिम्मत नहीं जुटा पा रही थी क्यूंकि जब किसी अधीनस्थ को घर जल्दी जाना

हो तो हम कारणों का ब्यौरा माँगने लगते हैं परन्तु जब अपनी बारी आती है तो हर व्यक्ति अनुशासन को एक तरफ रखने को तैयार हो जाता है।

"अनुशासन अधिकतर दिखावे का अपना लिया है हमने! क्यूं ना हम कार्यों को कर्तव्य समझकर करे और नियमों में थोड़ी ढिलाई बरते अनुशासन स्वत- ही स्थापित होगा।"

मैं श्यामा से मिलने आज सीधा हवेली चली गई। यूं तो हवेली की रेखाएं मिली जुली लक्ष्मण रेखा जैसी लगती थी क्यूंकि एक अजीब किस्म का डर था मेरे मन में कि हवेली की धरोहर और रूतबे के सम्मुख मुझे अपना आज छोटा लगता था परन्तु आज बात श्यामा के दुख में शरीक होने की थी तो मैं बेझिझक अन्दर प्रवेशित हो गई।

ठकुरानीसा सामने पीढे पर बैठी ऊन बुन रही थी, मेरे कदमों की आहट से ऊठ खड़ी हुई, "हाँ बाईसा आप! उनके चेहरे पर प्रश्न था। मैं गोपी की बात को सुनकर यूं बिना सोचे समझे हवेली चली आई, मेरे मन में अपराधबोध अनुभव होने लगा ऐसे बिना कारण नहीं आना चाहिए था।

बहुत बार ऐसा होता है कि हमें किसी से मिलने की जल्दी होती है और बेवजह मिलकर अपराधी सा अनुभव भी परेशान करता है।

मैंने हड़बड़ाकर कहा, श्यामा के लिए वो गोपी काका कुछ... मेरी बात को बीच में काटते हुए ठकुरानी सा ने किंचित खेद प्रकट करते हुए कहा, 'श्यामा आज सेवेरे ही चली गई बाईसा!

उसका बेटा कहीं चला गया है तो परेशान थी, हुकुम ने जाने को कह दिया।

'मैंने ठकुरानीसा की बातों पर एक दुख का भाव समझा, आखिर श्यामा हवेली की सदस्य जैसी है। अपनेपन का एक अलग ही अंदाज तो था इस बाँगड़गढ़ में, सब एक दूसरे के दुख में शरीक होते थे और खुशियों को जमावड़ा भी एक साथ लगाते थे।

ठकुरानी सा ने आवभगत अच्छे से की, कभी खाने का परोसती तो कभी मुझसे हाल-चाल पूछने लगती।

'बाईसा श्यामा हमारी खिदमत में कुछ कमी नहीं रखती, दुखियारी है पति के आगे,' आप फुर्सत से घर जाकर आराम कीजिए, मैं शाम तक श्यामा को कहती है आपके इधर आ जाएगी। 'ठकुरानी सा ने बहुत सहज भाव से मेरी आँखों में झाँकते हुए कहा।

मैं भी 'खमा घणी' करके हवेली से लौटकर क्वार्टर चली आई। यूनिवर्सिटी के जमाने की खुशमिजाज, बेधड़क अपनी बात को कहीं पर भी कह देने वाली और जमीं पर आसमान की दूरियाँ ख्वाबों में तय करने की जिद्द रखने वाली शख्सियत मैं आज अपने आप को बहुत छोटा महसूस कर रही थी। मैं शिक्षित थी, नौकरीकश थी परन्तु मैं बाँगड़गढ़ के लोगों की तरह सन्तुष्ट नहीं थी जीवन से।

संतोष जिन्दगी को पूरा करता है, शायद मैं अपने भीतर के अल्हडपन में कुछ सीमाएँ रखती थी जो मुझे बाँगड़गढ़ को अपना बनाने से रोक रहा था। मन उद्वेलित था, तो मैं दो वर्षा

में पहली बार आज श्यामा के दरवाजे पर थी। दो कमरे और तीन चारपाई, टूटी फूटी सी दीवारें और जमीं की दूरी हर दस मिनट में मॉपता चूना जो छत से पंखे के साथ लुढक -लुढक कर मौजे ले रहा हो।

श्यामा सो रही थी, मैने जाते ही श्यामा को उठाना उचित नहीं मानते हुए पास रखे बड़े से पीढे पर बैठ गई।

जैसे ही श्यामा की आँख खुली, एक बारगी समझ नहीं पाई। वर्तमान में आना नींद से परे कभी-कभी चौकाने वाला होता है। श्यामा आँख मलते हुए कहने लगी, 'बाईसा आप! आज गरीब की कुटिया में, म्हारौ भाग खराब है बाईसा, एक छोरा रो साथ था बाईसा, वो भी रामचन्द्र जी को ना भाया'।

मैं श्यामा को आश्वासित करने लगी, चिन्ता मत करो, शेरा बालिग है, होशियार है, वापस आ जायेगा।'

'श्यामा गहरी साँसे भर कर सिसकियां लेते हुए यही कह रही थी, 'बाईसा अच्छा है म्हारे छोरे को नरक से मुक्ति मिली, बस खान-पान का ध्यान रखे।'

कुछ देर तक श्यामा से यूँ ही बातें करने के बाद मैंने श्यामा को छेड़ते हुए कहा 'ये जो टूटे दाँत है अगले, इनकी मरम्मत करा लेते है श्यामा! मैं कल शहर जाऊंगी, तुम भी चलो।' श्यामा भी दाँतों को होठों के किनारे पर बिचकाते हंसने लगी।

'बाईसा आप म्हारी बेटी होते तो म्हारौ भाग खुल जाते।' मैंने श्यामा की इस उक्ति को पिछले कितनी ही दफा मुस्कराकर टाल दिया था। आज यकायक मेरे मुंह से निकल ही गया, 'अरी!

श्यामा तुम हमारी दोस्त हो, भला तुमसे अलग थोडी है हम।'
श्यामा अपनी आँखों से बहकर सूख चुके अश्कों के बीच पोपली
हॅसी उड़ाने लगी।

जाते समय श्यामा को हवेली की तरफ छोडकर मैं घर चली
गई। श्यामा को अभी भी परवाह इसी बात की थी कि उसके
बिना भाभासा को दवाईयां किसने दी होगी।

आर्थिक युग है आज का, एक झरोंखा अगर विचारों के
मध्य है तो नि-संदेह एक दीवार धन-सम्पदा और अपनेपन की
बीच भी है। हमारे आस-पास भी ऐसे बहुत से लोग होते है जो
हमें नजराने में कुछ भी देने को समर्पित भाव से तैयार रहते
है परन्तु अधिकतर हम जीवन की आपाधापी में इन्हें उपक्षित
करके यश ऐश्वर्य को ज्यादा ताल्लुकात परोसते है। समय के
साथ सुलभ मिलती खुशियां सहेजी ना जाए तो दु-खों के रास्तों
पर चलना दुर्गम हो जाता है क्यूंकि तब हम अपनी ही उपेक्षाओं
के परिणाम का अवबोध समझ पाते हैं। हमारी उपेक्षाओं का
शिकार अक्सर वही लोग होते है जो हमें दिल के सबसे करीब
रखना चाहते है।

'दूरियां साधारणत: एक सीमाधिक नजदीकियों का परिणाम
ही होती है, जब किसी के बहुत नजदीक होने का अहसास ही
ना हो तो दूर होने का बोध मन में खटके ही ना। न्यूटन का
क्रिया प्रतिक्रिया का नियम समझने वाली आज की पीढी इसे
रोजमर्रा की जिन्दगी में सत्यापित करने को उतारू रहती है।
हम हॅसे भी जिनकी वजह से, उन्हें रूलाने का पूरा हक है। बडी
प्रतिक्रिया वाली विचित्र मानसिकता हो गई है हमारी।

इतवार की सुबह और आज सूरज उगने से पहले मुझे शहर निकलना था। कुछ जरूरी काम निपटाकर मैं रात में जल्दी ही सो जाना चाहती थी परन्तु अचानक ख्याल आया कि इस बार श्यामा को भी साथ लेकर जाना चाहिए, उसका मन बहल जाएगा और कुछ खरीद भी लाएगी अपने लिए। मैं श्यामा को सुबह जल्दी उठ जाने का हवाला देने उसके घर जाने को हुई।

आज रास्ते में हवेली की विचित्र उम्दा शख्सियत से सामना हुआ, कुँवर लक्ष्यप्रताप। मैंने मन ही मन सोचा कि 'आज बिल्ली ने रास्ता काट दिया है, एक बेपरवाह आवारा व्यक्ति का यूं सामने आ जाना मेरे लिए मुश्किल भरा था।' मैं सीधा-सीधा चलती जा रही थी कि कुँवरसा ने पीछे से आवाज लगाते हुए कहा 'मैडम आज रास्ता भूल गये हो क्या' मुझे इसी तरह के किसी निहायती वाक्य की उम्मीद थी। ये आदमी बहुत ही घमण्डी किस्म का है, इसकी जुबाँ इसके नियंत्रण में नहीं है। हवेली की शान पर धब्बा होगा ये कालान्तर में। मेरे मन में बहुत सी शिकायतें और और अपशब्द उमड उमड कर बाहर आने को हो रहे थे परन्तु मैंने उस समय किसी भी प्रकार की प्रतिक्रिया न देते हुए कुंवरसा की उपेक्षा करना उचित समझा।

कुँवर लक्ष्य युवा थे, कद काठी भी अच्छी थी, मस्तक पर खानदानी तेज-ऊर्जा भी थी परन्तु जुबां उतनी ही कटार जैसी थी। मुझे ऐसे पुरूषों से कोताही बरतना ज्यादा सही लगता था जो औरत का सम्मान न करें।

मैं श्यामा के पास कब पहुंच गई, रास्ते का पता ही ना लगा। 'श्यामा कल शहर चलेंगें तुम तैयार रहना।' मैंने बाहर से ही आवाज लगाते हुए कहा।

गोपी चूल्हे के पास बैठा सिगार जला रहा था, उसे देखकर मानो लगा कि मेरी बात से ये सिगार उसके सीने को दहका रहा हो परन्तु गोपी चुप था। मेरा लिहाज करता था या श्यामा के मुझसे रखे ताल्लुख से वो ऑफिस में कामचोरी कर पाता था, अत: मेरे यहां बार बार आने पर भी वह श्यामा को दखल नहीं देता था। श्यामा झटपट बाहर निकल आई,

'बाईसा कल कैसे जा पावेगें, बडे ठाकुरसा की बरसी है बाईसा कल। हवेली में बहुत काम है।' श्यामा चिन्तित भाव से मुझे बताने लगी। उसके मन में एक तरफ शहर जाने का ख्वाब पिछले दो वर्षों से महफूज था जो कल पूरा हो सकता है परन्तु जिम्मेदारियों का बीडा उठाए थी मेरी श्यामा जैसे हवेली में उसके बिना किसी रात का चाँद ढलकर सूरज में परिवर्तित हो ही ना।

मैने श्यामा को समझाने का और लालच देने का खूब प्रयास किया कि शहर में ये ला पाएगी, यहां घूम पाएगी, परन्तु श्यामा टस से मस ना हुई। वो अडिग थी कि ठकुरानीसा का कहा टालना उसके लिए पाप समतुल्य हो मानो।

रात ज्यादा ही ठण्डी थी आज, मैं बाहर खुले में खडी ठिठुर रही थी जैसे श्यामा को शहर घुमाने की जिद्द मुझे और भी ज्यादा कपकपा रही थी।

नतीजन श्यामा ने ठाकुरसा की इजाजत लेकर सुबह मेरे साथ शहर जाने का निर्णय ले ही लिया। मैं अपने शहर घर लौटने की जहमत तो नही उठा पा रही थी परन्तु आज मेरा जाना बेहद जरूरी था।

'औरों के लिए नहीं, मेरे लिए ही एक बार अपनी तस्दीक लेकर आना अवि।' फोन पर मेरी यूनिवर्सिटी की सबसे अच्छी सखी रायमा ने पिछले इतवार मुझसे जब यूनिवर्सिटी की पुनःमिलन संगोष्ठी में आने का वादा लिया था तो बहुत नाराज थी। आखिर कैन्टीन मे चाय की चुस्कियां भरते हम एक दूसरे से हमेशा सम्पर्क में रहेंगे, ऐसा वादा करते थे परन्तु समय ने ऐसी करवट बदली कि मैंने यूनिवर्सिटी से ताल्लुकात उसी समय खत्म कर दिये, जब 'बाबू जमाल' का किस्सा मेरी रूह को मुझ तक ही कैद कर गया था। अभी वर्षों बीत गए, परन्तु मैंने फिर मुड़कर उस गली में कदम नहीं रखा, जहां से लौटते वक्त आँखों में ख्वाबों की कतारें सजायी थी। रायमा यूनिवर्सिटी की बेहद खूबसूरत यादों में से एक हिस्सा थी। श्यामा के यहां से आकर मैंने अपनी पुरानी यादों को एक बैग में संजोकर संगोष्ठी में जाने की हरसम्भव तैयारियां निपटा ली।

रातभर मैं सुकून ना पा सकी, करवटें बदलते-बदलते कब सुबह हो आई, पता ही नहीं लगा।

पुरानी यादें भी झरोखे के उस पार अतीत की छाया में हमें अपनी ही परछाई से डराने लगती है। वक्त हमारे अनुसार नहीं चलता, समय की अपनी ही मौजूदा कलाएं है, जिनके इशारे की कठपूतलियां होते है हम, समय के बीतते इन कलाओं के संगी कलाबाज मरहूम हो जाते है और शेष रह जाती है यादों की पैनी चुभन, मीठी वेदनाएं और चटपट अठखेलियां।

किसी की आवाज कानों में उतरती है, किसी की मुस्कराहट हौले से कब हृदय में उतरकर बिना बात के खिलखिलाती है,

किसी की खुशबू हमारे इर्द गिर्द जानी पहचानी सी लगती है और बहुत ही खास होते है वो लोग जिनका वजूद वक्त के साथ हममें विलीन हो जाता है।

'बाबू जमाल' यूनिवर्सिटी के जमाने का एक फाउण्डेशन था, जो चार बेफिक्रे आवारा दोस्तों की मटरगस्ती का, कुछ नया करने के सपने का आगाज था। रायमा, भोला, बाबू जमाल और मैं, हम किसी जमाने में दुनिया परिवर्तन की बात पर अंधाधुध होड़ लगाया करते थे।

बाबू जमाल हमारी जिन्दगियों की मुस्काराहट की स्केल तय करता था। एक साधारण वैचारिक सम्पन्न परन्तु प्रगढ कवि का चरित्र था। हमारे किस्से अनन्त आसमान की बेचारी रातों जैसे होते थे, बिल्कुल सुनसान परन्तु इशारों की आवाज हम चारों के कानों में बखूबी गॅूजती थी।

अक्सर रामू की थडी पर हम चाय के बहाने बातें करने आते और सामने गुजरती गाडियों की आवाजों को सुनते और फिर हमारी खामोशी एक दूसरे के मस्तिष्क में चल रहे विचारो को भॉपती।

'मैं सृष्टि में आनन्द की वृष्टि का द्योतक किसान का मित्र बनना चाहता हूँ'। बाबू जमाल अपनी मूॅछों पर तांव देते अनगढें सपनों की राह पर चलता, हमें भी उसके पथिक होने का गर्वानुभूत होता था।

छ-रूपये की खातिर बच्चे को गली में घसीटकर पीटता मालिक उस दिन जब हमारे सामने से गुजरा तो बाबू जमाल पसीने से तरबतर आँखें समेटता मालिक पर तनतना गया था

हम जिन्दगी की एक सीढ़ी चढ़कर यूनिवर्सिटी पहुंचे थे परन्तु हमें जिंदा होने का अहसास बाबू जमाल के होठों से फुसफसाती वो सजीव चित्रण वाली कविताएं देती थी-

"होले! से मुस्करा के जो तोले, जिन्दगी के हाल मैंने,

तनिक गुस्से का भेष बदलो यारों, चलो सीखी नयी चाल मैंने

करूणा बिखरी मेरे अन्तर्मन में, बुना कोई नया जाल मैंने,

ना रोएगा बच्चा कोई मेरी आँखों के सामने,

गुजरी है दर्द में जिसकी रातें,

उधर लुढ़का लिया अपना ढाल मैंने

मुस्कराके जो तोले, जिन्दगी के हाल मैंने॥

बाबू जमाल करूण हृदय तो था ही, दूसरी तरफ क्रोध में पसीजता एक मूर्खतापूर्ण आचारी भी कभी कभी मालूम पड़ता था। उस दिन बच्चे को मालिक से छुड़ाकर अपने साथ ले आया था। किस्से कहानियां बनाने वाला बाबू जमाल कब रोटियां बेलने लगा, बच्चे को लेकर स्कूल जाने लगा।

वक्त यूं ही गुजरता गया। अब हमारी दोस्ती में खलल पड़ने लगा, क्यूंकि पग-पग पर जीवन के सिद्धान्तों को ठोकर मारता बाबू जमाल अब बैचलर गृहस्थ हो गया था। सुनसान गहरी रात थी उस दिन, जब मुझे रायमा का फोन आया, 'बाबू जमाल ने रामू की थड़ी पर बुलाया है।' रायमा ने तुरन्त फोन रख दिया, शायद वो भी निकलने की जल्दी में थी।

रिश्ते महज जीनों की वंशागति का सुबूत नहीं होते, ये अपने दिलों की धड़कनों के आमाप पर बनते हैं अक्सर दोस्ती दुनिया का बेहद तरीन रिश्ता साबित होती है जहां ना अपेक्षाओं का बोझ होता है और ना परतंत्रता की बेड़िया। मैं भी खुशनसीब थी ऐसे ही चार आवारा दोस्तों की महफिल का हिस्सा बनकर।

रामू की थड़ी पर आज एक वांशिदा अलग चुपचाप बैठा था, "बाबू जमाल!

मानो बाबू जमाल की तो कवायदें बच्चे की किलकारियों में सिमट गयी थी, बच्चा बेहद खुश था। मैने धीरे से जैसे ही अपने आने की तस्दीक थी, रायमा ने बाबू साहब की इशारा करते हुए कहा,

'होठों पर लाए है श्मशानों की खबर

बाबू जमाल जरा फरमाए बुलाने की सबर,

क्या निहारे खामोशियां सूनी रात की,

या लौट जाए उल्टे पांव हमारे घर॥

रायमा की टाँग खीचने की आदत कई मर्तबा हमारी दोस्ती को जिन्दा रखती थी। बाबू जमाल ने मुस्कराकर सबको एक नजर देखा।

'आज इतनी रात कैसे आमंत्रण दिया गया। मैंने बाबू जमाल को प्रश्नवाचक इशारे में कहा।

'बाबूजी ने घर से निकाल दिया है। कहते है, औलाद की फरियाद करो कि तो अल्लाह से गुजारिश! कोई तुमसी ना बख्शे, किसी राह चलते कुत्ते का बच्चा उठा लेते या चिड़िया

का अण्डा घर लाते, तुम खुद सेते। तुमसे खौफ आता है! तुम कल को बच्चे की जगह नया बाप ना ले आओ।' बाबूजी के अंदाज में बेखौफ नक्ल करता बाबू जमाल उस दिन अपने बेघर होने की कश्मकश से नावाकिब किस्से सुना रहा था।

'बाबू जी क्या समझते हैं मैं जीवन बसर नहीं कर सकता हूँ, मैं किसी तरह की बेड़ियों में बंधना नहीं चाहता, मैं अपने करूणान्वित हृदय का गला कैसे घोटूं यारो!!! अपनी ही पंक्तियों को गुनगुनाता बाबू जमाल बच्चे को गोद में उठाकर सीने से चिपकाकर खूब रोने लगा

"ये बस्ती ना समझती है मुझे,

मेरी हस्ती मिटाती है रोज मुझे,

किसके सीने से चिपककर दर्द बयां करूँ

अब तो अम्मी भी फुसलाती है मुझे,

अब्बा की बात पर वेदना नहीं

अफसोस है, इंसानियत की आग कितना जलाती है मुझे,

मैं गिरने से नहीं डरता,

पर क्यूं हर दफा जिन्दगी फिसलाती है मुझे!!!

आज ना हम सड़क पर आती गाड़ियों की आवाजे सुन पा रहे थे और ना ही खामोशी से एक-दूसरे के इशारे! जिंदादिल बाबू जमाल के कुंदन से हम प्रश्नों का ढेर अश्कों से लगा रहे थे। भोला बाबू जमाल को अपने साथ रहने का हवाला देते हुए सांत्वना देने का प्रयास कर रहा था।

"विकल्प चुनना और एक को चयनित कर अपना लेना, बेहद मुश्किल होता है, बाबू जमाल ने भी उस रात घर की सुख-सुविधाओं को ठुकराकर आवारा बेपरवाह जिन्दगी को चुना था।

कौन सही था और कौन गलत, ये तो शायद गणनीय नहीं हो सकता परन्तु हृदय की आवाज को अनसुना कर दें, हमें खुद से अलग करने को मजबूर दे, ऐसे रिश्तों की नींव भला इमारत में तब्दीली का स्वप्न कैसे देख सकती है।

बाबू जमाल यूनिवर्सिटी का खुशमिजाजी आईकन हुआ करता है परन्तु ये रात सबके जीवन में आनी होती है कि हमें कहीं ना कहीं वो सब हार देना होता है जो कमाते कमाते हमने जीवन का हर मौसम गंवा दिया हो। बाबू जमाल में समाज की लीक से हटकर दिल की आवाज सुनने की हिम्मत थी। भला कौन मॉ बाप अपने बच्चे के लिए बुरा सोचते है। बाबू जमाल कहता था, बाबूजी गलत नहीं थे परन्तु हमारी वैचारिक भिन्नता हमें एक छत के नीचे नहीं रहने देती। उन्हें समाज के तानों की फिक्र है और मुझे अपने पसीजते कलेजे की जिक्र करना उनके सामने ग्वारा लगता है।

यूनिवर्सिटी का दौर हमारे लिए और भी बहुत मुश्किलात पैदा करने वाला था। बाबू जमाल ने पढ़ाई के साथ नौकरी करना शुरू कर दिया। हमारी चर्चाओं का विषय अब परिवर्तित

हो गया था परन्तु ख्वाब आँखों को बन्द करने की इजाजत ही नहीं देते थे। सहसा एक दिन बाबू जमाल ने एक शायर का शेर पढ़ते हुए कहा,

'अबके जो बिछड़े तो ख्वाबों में मिले,

जैसे मुरझे हुए फूल किताबों में मिले।

हम एक साथ जवानी पर पांव रख रहे थे। भोला जो बिल्कुल लड़की की सी सूरत का लगता था, अब दाढ़ी- मूंछों से लबालब समझदारी की बातें करने लगा था। रायमा और मैं बिल्कुल भटकाव की गुंजाईश भी नहीं रखते थे, हमने यूनिवर्सिटी और बाबू जमाल के किस्सों के अलावा कभी बेतरतीब चीजों में हिस्सा नहीं लिया क्यूंकि हम लाचार-मिजाजी थे जिनसे बात करके कोई जल्दी ही ऊब जाता था। जब स्कार्फ की जगह बड़े दुपट्टो ने ले ली थी, हम भी तहजीब, नीचे स्वर में बात करना सीख रहे ही थे कि यूनिवर्सिटी का आखिरी साल आ गया।

बाबू जमाल का वास्तविक नाम 'जमशेद सिद्दीकी था परन्तु हमने उसके अंदाज को पहले दिन भाँप लिया, जब यूनिवर्सिटी में दाखिले की लिस्ट देखने हम सब अलग शहरो से आए थे तो भीड़ में अपनी आवाज को बुलन्द करता बाबू जमाल जोर से चिल्लाया,

'तुझसे ली जो उधार जिन्दगी,

अब लौटने आया हूँ,

ए शहर मेरे सुन ले मेरी धड़कनों को,

दहक रही है मेरे अन्दर आग बदलाव की,

मै इन सब को भी जलाने आया हूँ॥

उस दिन हम खिसयानी हँसी हँसते हुए उसका नाम 'बाबू जमाल' तय कर बैठे थे। आदतन बातूनी परन्तु सभ्य और सहज लड़का था जमशेद ऊर्फ बाबू जमाल।

अक्सर बाबू जमाल ने हमारी दोस्तों की महफिलों को सजाना बंद कर दिया था, अब वह जिम्मेदार हो गया था। हम भी अपनी अपनी विज्ञान की थ्योरीज और सम्भावनाओं में खो गये थे।

पाँच बज चुके थे, हमें सुबह सात बजे की रेलगाड़ी पकड़नी थी मैं ख्वाबो से निकलकर वास्तविकता में आती कि श्यामा अपनी गठरी लेकर मेरे दरवाजे पर तस्दीक ले आई थी बाईसा! मैं भी जाऊंगी आपरै सागै।" श्यामा बेहद खुश थी, बाँगड़गढ़ की हवेली में ही जन्म लिया और यहीं ठाकुरसा ने गोपी से शादी करवा दी, वो इसके परे की दुनिया से बिल्कुल अंजान थी। आज पहली बार श्यामा ने अपने चारों ओर बनाई सीमाओं को लाँघकर बाहर निकलने की हिम्मत की थी।

मेरी नजर बार-बार श्यामा के चिथड़े-चिथड़े हुए गठरी पर जा रही थी, भला इसे संगोष्ठी में इस तरह लेकर अगर मैं गयी तो सबके बीच मजाक का पात्र बन सकती थी। मैंने श्यामा को एक नया बैग देकर उसमें रखने को कहा परन्तु श्यामा नासमझ थी दुनिया के ढकोसलों से। वो जिन्दगी को बहुत सहज जीने वाली अल्हड़, फूहड प्रौढ थी, भला उसे क्या फर्क पड़ता कि गठरी को ले जाना किसी प्रकार के अपमान का सूचक हो सकता था।

मेरे लाख मनाने पर भी श्यामा 'हम ऐसे ही ठीक है बाईसा' कहकर मेरी हर बात को ताला लगाकर बंद कर दे रही थी।

भावनाओं के वेश में आकर मैंने श्यामा को अपने साथ ले जाने की हिम्मत तो जुटा ली थी परन्तु सफर अभी आसान नहीं था। हमारे जीवन को लेकर विचार बहुत ही दिखावापरक हो गये है। हम चलते हुए अपने पैरों की आवाज को ना सुनकर दूसरों की वजह से पड़ने वाली खलल पर ज्यादा ध्यान देते हैं। उस दिन मैं और श्यामा बाँगड़गढ़ से उपयुक्त समय पर निकल आए थे। श्यामा ने यूँ तो रेलगाडी आते जाते पटरियों में शौच के बहाने बहुत बार देखी थी परन्तु बैठकर कहीं सफर करने का अवसर उसे पहली बार मिल रहा था।

मैं ताज्जुब में थी, कोई अपने जीवन का पचास वर्ष एक ही स्थान पर व्यतीत कैसे कर सकता है। बहुत सारी बदलाव की स्थितियां समाज को एक नयी विकास की दिशा में ले आई है परन्तु आज भी श्यामा की जैसी बहुत सारी औरतें अपने पैरों में जंजीर बाँधकर एक ही स्थान पर बैठे रहने को मजबूर है।

कारण वस्तुत: कुछ भी हो सकता है - जिम्मेदारियों का एक तरफा बोझ जो केवल स्त्री के कंधों को झुकाने में सफल हो जाता हैं। रेलगाडी धड़ धड़ घड़ धड़ करती आगे बढ़ती जा रही थी, मेरे पास बैठी श्यामा रेलगाडी में आते ही मेरे पास नीचे पैरों में बैठ गयी थी, जैसा वो हमेशा करती आई थी, बराबरी में बैठकर बात करने की इजाजत वो कभी किसी से पा ही नहीं सकी थी या शायद उसने कभी ऐसे विचार अपने मन में आने ही ना दिये हो।

'श्यामा!! अरे। पगली अपनी ही सीट है, तुम ऊपर बैठ सकती हो।' मैंने उसके ऊपर हास्य भाव से कहा।

'नहीं बाईसा! आपरै सागे कॅया बैठ सकूँ।' श्यामा को बहुत बार समझाने पर वो ऊपर आकर संकुचाकर एक कोने में बैठ गई। रिजर्वेशन का डिब्बा और श्यामा की इस हरकत पर सब उसे ही नजरे गडाकर घूर रहे थे। हम सभ्य और तथाकथित आडम्बर वाले जेन्टलमैन लोगों की बीच अपनेपन और सम्मान की बहाव में गोते लगाती श्यामा जैसे जंगल से भाग कर आए किसी अनदेखे प्राणी की तरह लग रही थी। श्यामा खिडकी से झाँकती तो कभी गठरी को ऊपर उठाती, कभी गोद में रखती, मानो सुबह की ये ठण्डी हवा उसे सुकुन भरी बैचेनी अदा कर रही थी।

यूनिवर्सिटी के आखिरी साल ही 'बाबू जमाल' ने फाउंडेशन की शुरूआत करी थी। हमारी गली के छोर पर शिक्षा से वंचित सभी बच्चों के लिए मुक्त कक्षाओं का इन्तजाम शाम के समय किया करता था। महज पाँच बच्चों की कक्षा से खुद की इस शुरूआत को वह बाबू जमाल फाउण्डेशन में तब्दील कर पाया था। मैं भी उन कक्षाओं का सक्रिय हिस्सा रही।

शाम को तनाव से भरा हुआ समय, जब सूर्यास्त के साथ सूर्य अपनी सारी ऊजाएं बटोरकर हमें थकान से भरकर अलविदा कह जाता था तब लगभग पचास बच्चों को लेकर बाबू जमाल के छोटे से कमरे में हम एक नयी ऊर्जा से पूरित हो जाया करते थे। एक सिद्धान्त है जीवन का "सामान्यं वृद्धि कारणम्, ह्रास हेतु विशेषश्च"। सामान्यं या समानता जीवन में हरसभंव वृद्धि का कारण होती है और विशेष होकर अलगाव में जीना ह्रास का कारण होती है। बाबू जमाल का कहना था,

जब बोलने को इतना कुछ है,

तो खामोश क्यूँ रहूँ,

मिट्टी में मिल जानी है मेरी मिट्टी

तो जोश में क्यूँ ना रहूँ,

अब अपना मालिक अल्लाहतब्दीली के होश में क्यूँ ना रहूँ॥

अक्सर हम उसके दिल की बात भांप ही नहीं पाते थे परन्तु वह समाज को बदलने का जिम्मा अकेले उठाने की हिम्मत रखता था वह परिस्थितियों को कभी दोष नहीं मढ़ता था बल्कि उन्हें सुलझाने का हर सम्भव प्रयास करता था।

ना थकान थी उसके चेहरे पर और ना ही सिकन 'उसका मन साफ था और जीवन खुली किताब जिसके पन्नों पर क्या लिखा था, देखते समझते भी हम नहीं पढ पाते थे। हमारी होड़ यूनिवर्सिटी कैम्पस प्लेसमेन्ट के लिए थी और उसकी सोशिएल एडजेस्टमेंट के लिए थी। उसके फाउण्डेशन का हिस्सा बनकर भी हम कभी उसके विचारों की सटीकता का अनुमान नहीं लगा पाए थे। बाबू जमाल समानता की बात को सर्वोपरि रखता था, उसके मुताबिक अगर उसके पास दस का पेन खरीदने का जुगाड हो, तो वह इसे पांच हिस्सों में बॉटकर दो रुपया से काम चलाने को बेहतरी समझता था क्यूंकि एक चेहरे की मुस्कान से बेहतर, उसे पॉंच आशाओं की किरण बनाने की हिम्मत हर कोई नहीं दिखा पाता।

'मैडम टिकट, टी टी ने आकर मेरी तन्द्रा को तोड़ा। मैंने टिकट चेक करायी और श्यामा की तरफ मेरे साथ होने का इशारा कर दिया। टीटी ने एक बारगी मुझे देखा, फिर श्यामा

को ओर चश्मे को गले में लटकाता वापस लौट गया। श्यामा अपने जीवन का बेहतरीन साज श्रंगार किए थी परन्तु फिर भी मानो अलग ही थी हम सबसे।

पल्लू लटकाती ओढनी और घाघरा कुछ गुलाबी रंग का पहनकर आई थी। 'बाईसा म्हारी पोशाक घणी फूटरी है नै' कहकर मेरी प्रशंसा को उतारू हो रही थी।

हम आर्थिक समानता को स्थापित करने से तो कोसों दूर निकल आए है, काश! वैचारिक अवबोध समानता का बीड़ा उठाने कभी-कभी बाबू जमाल बन जाए तो अच्छा हो सकता है।

हमारे सामने की सीट पर एक सज्जन बैठे थे, टाई में गर्दन फंसी हुई थी, कोट को बार-बार झाड़कर फिर ऊँगलियां चेहरे पर लगा बैठते थे। एकटक श्यामा को देखे जा रहे थे। मैंने सोचा, सफर आसान रहेगा तो पूछ लिया, आप भी मुम्बई जा रहे है!

सज्जन तपाक से बोले यस! हाऊ डिड यू प्रेडिक्ट! मैंने भी मुस्कराकर गर्दन हिला दी, ऐसे ही। सज्जन को अवसर मिल गया था बात करने का, तो पूछ बैठे, इज सी योर मदर श्यामा की तरफ इशारा करते हुए कहा।

श्यामा मेरी तरफ देख रही थी, परन्तु वो सवाल को नहीं समझ पाई और मैं क्या कहूँ, यही सोचने का प्रयास कर रही थी। 'शी इज माई फ्रेंड'। जैन्टलमैंन की तरफ इशारा करते हुए कहा। 'फ्रेंड'! कुछ आश्चर्य मिश्रित भाव से भौंहो को ऊपर उठाते हुए होठों को चिपकाते चुप होकर बैठ गये। श्यामा फिर बाहर ताकने लगी।

दो वर्ष का समय अपनों से दूर कैसे गुजरा जाता है, इन सभी अनुभवों और अपनेपन का एक नया अंदाज सीखकर मैं घर लौट रही थी परन्तु मुझमें आज भी हिम्मत नहीं थी कि मैं किस तरह बात करके पुरानी गॉठें खोल पाऊंगी। वैसे फोन पर बात हो जाया करती थी परन्तु आमने-सामने बैठकर बात करना अलग ही हौसले की मांग रखता होगा।

पिताजी भी खुश थे मेरे सरकारी नौकरी के चयन पर परन्तु इसके बीच की कड़ी जो मैंने जिद्द और ख्याली पुलावों के बीच बुनी थी उसने हमारे रिश्तों के दरम्यां दूरियां बना दी थी। अब हक से ना पिताजी डॉटते थे और ना ही मैं जिद्द कर पाती थी। हमारी पीढ़ी और उनकी पीढ़ी के बीच अक्सर यही दूरियां जो मौन रिश्तों का निर्माण करती है, समय के साथ ओर गहरी होती जाती है।

हमारी कोशिशें नये रिश्ते बनाने की होती है, ना कि रिश्तों को सहेजकर रखने की।

ठाकुरसा ने घणो अचम्भो हुयो बाईसा कि मैं आपरै सागै शहर जाऊं हूँ। श्यामा ने मेरे पैर हिलाते हुए कहा। 'क्यूं' मैंने नाक सिकोडकर कहा। 'बाईसा ठाकुरसा नहीं सोचते थे कि आप बाँगड़गढ़ में ज्यादा दिन रह पाऍंगी, देहात का जीवन आसान तो नहीं बाईसा परन्तु वो खुश होते हैं, जब कोई कार्यक्रम पर हवेली में आप शिरकत लेकर आती है।

मैंने मन ही मन सोचा कि मुश्किलों से भागकर नयी मुश्किल झेलों तो आसान लगती है। अजमालपुर आ गया है बाईसा! श्यामा ने धीरे धीरे अक्षरों को बॅटोरकर स्टेशन पर लगे बोर्ड को पढते हुए कहा। उसने बात परिवर्तित कर दी।

श्यामा यूँ तो अनपढ़ थी परन्तु पिछले दो वर्षों में मेरे पास आकर रोज शाम को अपना नाम लिखना सीखती और धीरे-धीरे थोडा पढ़ना लिखना सीख लिया था। अब हवेली की बाकी नौकरानियों पर श्यामा हुकम लगाती थी क्यूंकि आखिर वो तथाकथित कागज पर उतारे कीडे मकोडों को समझने लगी थी।

बाबू जमाल और दोस्तों के साथ मेरा परेशान होकर भी फाउण्डेशन में दिया जाने वाला सहयोग पिताजी को नागवार गुजरता था। उनका कहना था कि जो आदमी खुद के भले का नहीं सोच सकता, वो अन्यों का क्या सहयोग दे सकता है, पहले स्वयं की सुरक्षा करने योग्य तो बनों। मैंने पिताजी की बात पहले कभी नहीं टाली थी परन्तु अब बाबू जमाल समतुल्य विद्रोह मेरे मन में भी प्रस्फुटित था, मेरा अन्तर्मन भी अब कुछ विशेष करने को कचोटता था।

एक बेटी का पंख फैलाकर उड़ना पिताजी को मंजूर था परन्तु यूँ आवारा गलियों में घूमना, शिक्षा से वंचित बच्चों की तलाश करना और देर रात तक लौटकर आना, पिताजी को परेशानी में डालने वाला था। पड़ोसी मेरे सबसे ज्यादा शुभचिन्तक थे, वो आखिरकार सबसे अधिक परवाह करते थे मेरी, अब भला-बुरा कहने से भी नहीं शर्माते थे। पिताजी का गुस्सा दिन-ब-दिन मुझ पर बढ़ता जा रहा परन्तु मैं जिद्दी थी और उनकी वेदना से अनजान, खुद की खुशी को तवज्जो दे रही थी।

अवि अखबार दो! एक दिन बाबूजी सुबह चाय पीते-पीते मेरी तरफ हाथ बढ़ाते हुए अखबार माँगते हुए बोले। मैंने बचपन से अखबार पढ़ने पर अपना अधिकार संरक्षित रखा था, मुझसे

भला कोई एक भी खबर छूट नहीं सकती थी। मैंने उन्हें अखबार थमाया और यूनिवर्सिटी जाने की तैयारी करने लगी।

पिताजी ने थोड़ी देर में आवाज देकर बुलाया,"एक बार नजर डालो अवि, देखों! मैं तो कह ही रहा हूँ जमाना चाहे लाख बदल जाए, लोगों की सोच उतनी ही छोटी रह जाती है" मैं दौड़कर आयी तो पिताजी की अंगुली के नीचे लिखी खबर को देखकर सन्न रह गयी।

अखबार पर कोने में सलीके से लगायी सात तस्वीरें जिनमें एक बाबू जमाल की भी थी, अपराधियों को लिये शिकंजे में पुलिस का बयान पढ़कर मैं विश्वास ही नहीं कर पा रही थी कि विरोधी संगठन के मुखिया की हत्या में बाबू जमाल भी शामिल था। पिताजी मुझ पर एक के बाद एक गोले तानों के दागे जा रहे थे और कहते भी क्यूं ना, जिस बाबू जमाल की शख्सियत को हम आदर्शवादी समझकर अपने भविष्य दांव पर लगाने को तैयार बैठे थे, दरअसल वो तो जुर्म की हर सीमाओं को पार कर चुका था। अब बाबू की कही शायरी मेरे कानों में बार-बार चुभन दे रही थी-

हर हदें पार कर दूंगा तेरे इंसाफ को,
जो सुकून ना मिला तो,
मिटा के रख दूंगा हस्ती काएनात को॥

मैंने अखबार को पांच-छ बार पलट -पलटकर देखा परन्तु ये खबर वहीं की वहीं मेरी आँखों को गढ़ाए दिख रही थी। जीवन में पहली बार शायद किसी व्यक्ति पर विश्वास करने और टूटने का अनुभव एक ही साथ हुआ था। वजह कुछ भी हो, बाबू

जमाल दोषी तो था, उसने हम सबकी भावनाओं से खिलवाड़ किया था। आज यूनिवर्सिटी जाने का मन तो नहीं था परन्तु शायद बाबू जमाल के दिए बनावटी हौसले ने मेरे कदमों को फिर आगे बढ़ा दिया।

आज रायमा का फोन भी बन्द था और भोला यूनिवर्सिटी पहुंचते ही सामने खड़ा मिल गया। मुझे आता देख अपने आस-पास लगी उलाहनों की भीड़ को चीरता हुआ आया।

'सब खत्म हो गया अवि। ' कहकर आँखों में अश्रुधार पी गया। भोला छोटे बच्चे की अंगुली पकड़े मेरी आँखों में जिम्मेदारी तलाशने की कोशिश कर रहा था परन्तु मैं पिताजी के गुस्से के विरूद्ध अब एक कदम भी रखती तो जीवन में भूचाल आ सकता था। बाबू जमाल ने किसी प्रकार की कोई स्पष्टता नहीं दी अपनी तरफ से, वह बच्चे को भोला के पास थमाकर पुलिस के साथ बेझिझक चला गया। यह नन्हीं सी जान अपने बिखरे आसरे को बाबू जमाल के अधीन सुरक्षित महसूस कर ही रही थी कि सुरक्षा प्रहरी ही सर्वाधिक असुरक्षित साबित हो गया।

रायमा, भोला और मैं उसके बाद कभी एक साथ मिले ही नहीं। मैंने पिताजी की शर्तों पर जीवन जीना शुरू कर दिया, आखिर आँखें छुपानी पड़ती रही बहुत दफा जब कोई कहता, "बाबू जमाल फाउण्डेशन की नींव जुर्म पर कुरेदी गई।"

"यह सच है जीवन का, भला करने को याद नहीं रखे कोई परन्तु हमारी एक गलती जीवन भर का सबक दे देती है।" मेरा हृदय अब भी स्वीकार करने को तैयार नहीं था कि बाबू जमाल

जैसा बोलता था, वो वाणी उसकी थी ही नहीं, उसका व्यक्तित्व वह था जो सबके सामने आया था।

वह बाबू जमाल जो हर स्थिति में सकारात्मक नजरिया रखने का संदेश देता है या जिसने हमें खामोशी में भी जीवन की आवाज सुनने का रहस्य समझाया था। बाबू जमाल का हर किस्सा अब हम हृदय में समेटकर वेदनाओं के साथ यूनिवर्सिटी की आखिरी साल के इम्तिहान देकर घर लौट आए थे। उसके बाद हमने यूनिवर्सिटी की तरफ कभी मुड़कर भी नहीं देखा क्यूँकि नहीं चाहते हुए भी हम बाबू जमाल फाउण्डेशन की बदनामी में रोज शरीक किये जाते थे। हमारी जिस दोस्ती की लोग मिसालें दिया करते थे, अब तानों का अम्बार लिए फिरते थे। बचपन की सपनों की पोटली, कुछ नया करने की चाह उसी दिन खत्म हो गई जिस दिन मेरी रुह बाबू जमाल के उस बच्चें की आँखों की कोर पर लटकती बूँद को देखकर पसीज गई थी।

आवारापन आधुनिक पीढ़ी की उन विशेषताओं में से एक है, जिनकी कीमत अदा करते-करते हम अपनों पर बने विश्वास को खो देते हैं। पिताजी अब मेरी किसी भी सलाह को गम्भीरता से लेते ही नहीं थे, उन्हें लगता कि मैं भावनात्मक निर्णय लेती हूँ, समझदारी का एक छोटा अंश भी नहीं था मुझमें। हमारा एक गलत निर्णय हमें उतना नुकसान नहीं पहुँचाता जितना कि उस निर्णय के लिए जाने से हमारे भविष्य के सभी फैसलों के गलत हो जाने की आशंका के भय से हमें क्षति होती जाती है, प्रतिक्षण।

मेरी बढ़ती उम्र रिश्तेदारों के आँखों में खटकने लगी थी, बार-बार रिश्तों की चर्चाएं पिताजी मुझसे छुपकर करते और

अपने मुताबिक कसौटी पर खरा उतरने वाले रिश्ते का इंतजार करने लगे थे। सबसे प्रमुख समस्या आज के दौर की यही है कि किसी परिवार के टूटने में सिर्फ युवा पीढ़ी का ही योगदान नहीं है अपितु हमारी विचारधाराएं सार्वजनिक रूप से रिश्तों को मटमैला कर रही हैं। अपेक्षाओं की गठरी बच्चों के सिर पर रख देने से खिलखिलाते फूल जैसे चेहरे कब मुरझाने लगते है, इसकी भनक भी अपनों को नहीं लगती। अपनी औलाद से बेहतर जीवन की अपेक्षा करना किंचित भी गलत नहीं है परन्तु किसी पर एक निरन्तर दबाव बनाकर उसकी जीवन की स्वतंत्रता को छीन लेना भी कतई उचित नहीं है। अब ये सभी दबावों का कारण समाज नामक विषयवस्तु की परीक्षाओं के आंकलन से और भी बढ़ता जाता है।

क्या एक स्वच्छन्द व्यक्ति अपने कर्तव्यों का पालन भली-भाँति करने में सक्षम नहीं हो सकता। पाश्चात्य की होड़ हम जीवन शैली में करने लगे है परन्तु इस कश्मकश में अधूरे जीवन मूल्यों का बोझ हम सहने से कतराते रहते हैं। पिताजी को मेरे विचारों में अपूर्णता लगती थी, मुझे उनकी बातें निस्संदेह सम्पूर्ण तो लगती थी परन्तु आधुनिक समय पर खरी उतरती नजर नहीं आती थी।

पुरानी पीढ़ी के विचार हमे निहायती अप्रायोगिक लगते हैं, जिन्हें अब के सिद्धान्तों से स्थापित नहीं किया जा सकता, परन्तु ये भी तो सच है कि समय हर प्रकार के परिवर्तन की माँग भले ही करें, परन्तु शास्त्रोक्त जीवन-मूल्य सार्वभैमिक सत्य है जिन्हें आधुनिकता की कसौटी पर खरा उतरने की जरूरत नहीं है। हर दफा प्रत्येक विषय पर परिवारों की चर्चा

अनन्त वाद-विवाद का विषय बन जाती है क्यूँकि एक झरोंखा जिसके एक तरफ अडिग पुरातन पीढ़ी है और दूसरी तरफ परिवर्तित आज की युवा पीढ़ी।

रात्रि का समय और ट्रेन की तेज गति, अनजान चेहरे जो अब कुछ घण्टों में पहचाने से लगने लगे थे, श्यामा की अधीर आँखें जो नूतन परिहास का विषय बनी हुई थी। "बाईसा, कब पहुँच जावेंगे।" श्यामा ने मुझे झिकझोरते हुए कहा।

"कल सुबह दस बजे श्यामा!" मैंने मुस्कराते हुए कहा। अँधेरे में बाहर कुछ दिखाई तो नहीं दिया, परन्तु एक अहसास ठण्डी हवा के रोमों से गुजरने की मीठी वेदना के जैसा था। शिकायतें दिल में भरी थी और अनुभव दिमाग को सोचने पर विवश कर रहा था।

"म्हारी मावडली सुनै रे पुकार!!! आओ चालौ रे दरबार!" एक मधुर आवाज कानों में गूँज उठी। शायद किसी स्टेशन से ट्रेन में चढ़े कुछ बच्चे गाना गाकर नजराना बटोरने आए थे। कानों को पड़ती ये आवाज मन को सहलाती हुई नजदीक सुनाई पड़ने लगी। जब बच्चों का झुण्ड हमारी बोगी में आया तो सज्जन थोड़ा हिचकिचाते हुए खड़े हुए और पुन: बैठ गये। शायद कुछ सिक्कों को ढूँढ रहे हो, परन्तु छोटा सिक्का खोजने का सामर्थ्य नहीं जुटा पाए हो॥"

"भलाई कर भला होगा!!! बुराई कर बुरा होगा!!! मिट्टी का बना रे पुतले, कल माटी में गला होगा, मौत आवाज देगी जब तुझको तो घर से बाहर निकलना होगा।" एक छोटी सी बच्ची, झोंपे-से बाल, बेतरतीब उलझे हुए, नाक बहती हुई और फटा-

पुराना लाल कमीज और मिट्टी की चार-पाँच तह में दबा चेहरा" ने मेरे सामने हाथ करते हुए मधुर आवाज में फिर दोहराया, "भलाई कर भला होगा। दूसरे दर्जे की बोगी और जेबे सबकी खाली थी। मैंने भी अपनी सम्भल कर रखी पूँजी में से एक सिक्का बच्ची में हाथ में रख दिया, उसे इससे अधिक उम्मीद भी नहीं लगी हो, तो श्यामा के सामने जाकर खड़ी हो गई।

श्यामा ने अपनी गठरी में से बचाखुचा खाना निकाला और उसके हाथ पर रखते हुए सिर पर हाथ घुमाने लगी। अगले स्टेशन पर बच्चों का झुण्ड नीचे उतर गया। मेरी सभ्यता मुझ पर ओले बरसा रही थी, मैं श्यामा के सामने अपने आप को बहुत छोटा महसूस करती थी कभी-कभी। मैं उच्च शिक्षित, ऊंचें ओहदे पर स्थापित थी परन्तु दिल की उतनी ही अनपढ़, गँवार। दूसरी तरफ श्यामा बेहद सुलझी हुई और प्रेम भावना से लबालब दिल को रोज अपनी ही अपनत्वता से सँवारती रहती थी।

ज़िंदगी को बेहतर वहीं समझ सकता है जिसने जीवन के हर रंग को बहुत करीब से देखा हो। मुश्किलें सिर्फ इम्तिहान लेती है हमारी सहनशीलता का, धैर्य का कि हम किसी कठिनाई के सम्मुख कितनी अचलता से खड़े रहते हैं। आखिर कोई भी कठिनाई हमें मारने में सफल नहीं होती परन्तु हम अपने हृदय को जिंदादिली से भरकर धैर्य से हर परिस्थितियों का सामना करे तो जीवन को एक नयी दिशा दे सकते हैं। श्यामा के जीवन की सरलता मुझे हमेशा यही सीख देती थी।

अगले दिन प्रात: चिड़ियों की चहचहाहट के बीच ट्रेन रूकी तो मेरी आँख चाय की पुकार के साथ खुली। श्यामा को सामने नहीं पाकर मैं हडबड़ा-सी गयी। मैंने उसे आगे की सीट पर

एक अनजान बुजुर्ग महिला के साथ बैठा पाया। मुझे देखते ही महिला को इशारा करके कहने लगी,"इह बाईसा म्हारा!!!!" बुजुर्ग महिला ने मुस्कराकर वारनी फेर दी।

हम अक्सर अपने आप को बहुत अकेला कर देते हैं जबकि हमारे आसपास जीवन की मुस्कराहट की असीम संभावनाएं होती है। इसका कारण यह भी हो सकता है कि शायद हमारी किसी से दो पल की बातचीत भी कैल्कुलेशन वाली होती है, ये गणना स्तर, धन, ज्ञान या सभ्यता की हो सकती है। परन्तु श्यामा मस्त थी, तमाम गणनाओं से, दुःखी होने के हजारों कारणों को पीछे छोड़ती वह खुशियों को अपने पल्लू से बॉंधकर चलती थी। मैं अनजानों से बात करने में झिझक रखती, श्यामा हर किसी को अपनत्व की बेड़ियों में जकड़ लेती। श्यामा बुजुर्ग महिला को अलविदा कहकर मेरे साथ आगे बढ़ने को हुई कि मैं यह महसूस कर पा रही थी कि पूरी बोगी श्यामा से परिचित थी, महज एक दिन में वो अपने अल्हड़पन से छा गयी थी।

"आप डर गए थे बाइसा, मैं खो जाने से खौफ खाती हूँ, अँगूली पकड़कर आपका शहर घुमाना पड़ेगा।" श्यामा मुझ पर तंज कसते हुए बोली। "हूँ" मैंने अब पूरे दो साल बाद मेरे शहर में कदम रखने की तैयारियां कर ली थी। एक दिन कुछ टूटे ख्वाबों, जर्रा जर्रा होती जिंदगी के टुकड़ों को समेटते, मैं इसी स्टेशन पर दुबकी-सी सहमी-सी एक तरफ खड़ी "बॉगडगढ़" जाने को तैयार थी और आज आत्मविश्वास से लबालब, प्रेमपूरित हृदय और करूणान्वित आँखों में खोई हुई मेरी शख्सियत को लेकर मैंने स्टेशन पर सामान उतारा।

श्यामा शहर की भीड़ को देखकर भौंचक्की रह गयी। "बाइसा, ये आदमी तो चींटियों की भाँति लम्बी कतारों में चल रहे हैं, मैंने मेले में भी नहीं देखी इतनी भीड़।" श्यामा इतना कहती कि चलती भीड़ ने उसे कोहनियां मारकर गिरा दिया।

भला वो यहाँ कि रस्मों-रिवाज से वाकिब नहीं थी, यहां लोग खुद को आगे बढ़ाने के लिए दूसरों को गिराने से नहीं कतराते। ये सब अनजान लोग एक ही राह पर सुबह से शाम बौराए घूमते हैं और शाम को लौटकर एक घरोंदे में छुप जाते हैं, अगर जीवन इसी का नाम है तो बॉगढगढ़ की खुशियों से लबरेज श्यामा की स्वच्छन्दता जीवन से बहुत ऊपर थी।

"आप सबनै पहचानो बाईसा।" श्यामा ने सवाल पर सवाल करने शुरू कर दिये। मैं उसे क्या जवाब देती कि पड़ौसी-पड़ौसी को नहीं जानता, भला ये भी नौबत है यहाँ, बेटा-बाप को नहीं जानता, उसके आशियाने को नहीं जानता।

तो भला मैं किसे पहचानने की बात करती। स्टेशन पर बाहर निकलते ही जब ऑटोचालक घेरकर खडे हो गये कि आपको कहां जाना है, मैडम। एक बारगी मैं असंमझस में थी कि मझे आखिर जाना कहां है, जो दूरियाँ मैं समेटने आई हूँ, वो हर तरफ जाती सडक को लम्बा खींच रही होगी। यूनिवर्सिटी की तरफ से रूकने की व्यवस्था की हुई थी और घर लौटने की हिमाकत करना मुझे दुखी कर रहा था। पिताजी से कितना गलत अंदाज में बात करी थी जाते-जाते, मां से बोले तो जमाना बीत गया था, मेरी जिद्द के आगे रिश्तों में चुप्पी छा गयी थी।

फोन बज उठा, रायमा की आवाज सामने से खुशअंदाज सुनाई दे रही थी, 'वैलकम बैक मैडम! जल्दी से आना यार सब इंतजार कर रहे हैं।' मैंने भी हामी भरी और श्यामा को चलने का इशारा किया।

जो गाँठें अपनों के बीच बनती है, उन्हें सुलझाने की हर कोशिश में दर्द होता है और अनजान रह जाने से तन्हाई का सबब जीने नहीं देता अब जो यूनिवर्सिटी पहले जाने का निर्णय लिया तो श्यामा का ख्याल आया। एक बेतरतीब लिबास से ढकी और सिर में बौरला बाँधे पैरों में पायल, सूखे-काले पडे होंठ और मुरझाया - सा झुरियों वाला चेहरा, अब भला मैं इसे संगोष्ठी में किस तरह के परिचय से ले जा सकती हूँ परन्तु ' ओखली में सर दिया है तो मूसल से डरना क्या " बाँगड़गढ़ की ये सीख मुझे अब हर जगह हिम्मत बँधा ही देती थी। मैंने श्यामा को चलने का इशारा किया, नियर कॉपर प्राईवेट लि; यूनिवर्सिटी स्टेण्ड का पता बताकर मैं श्यामा को लेकर आज फिर उन्हीं सड़को पर थी जहां पैरो से दूरियां मापते सुबह से शाम कब गुजर जाया करती थी, हमें पता ही नहीं लगता था।

वक्त सरफिरा था, हम स्वप्निल आँखों के हमराज थे, आजाद थे परन्तु कभी सोचा नहीं था कि हमारी राहों का अंजाम एक कोने में सिमटकर होगा। मैंने पहले होटल के पते पर ऑटो रोका और थोडा सही हुलिये से यूनिवर्सिटी संगोष्ठी में जाने का फैसला लिया। सोचा श्यामा को यही छोड़कर मैं अकेली चली जाऊंगी। बडी-सी इमारत को देखकर श्यामा चकित थी।

'भला बनाने वाले ने कितनी मशक्कत की होगी, बाईसा। 'यो आपणों घर है क्या बाईसा। मैं श्यामा के इस सवाल पर

निरूतर थी। "होटल स्टे" जैसी प्रथाओं से श्यामा अनजान थी क्यूंकि आज भी बाँगड़गढ़ में जब कोई बाहर से आता तो उसे अपने घर में पनाह देने को हर कोई आगे आ जाता, आतिथ्य से बढकर कोई बड़ा कार्य नहीं माना जाता है। मैंने श्यामा की बात पर ना हामी भरी और ना ही मना कर पायी। मुझे तैयार होता देख, श्यामा ने भी पीली पोशाक पहन ली और मुझे बार-बार देखती ताकि मैं कुछ कह दूं उसे।

श्यामा के उत्साहित मन को मैं मारना नहीं चाहती थी। मेरे बिना कहे ही वो पचास वर्ष की प्रौढ़ लगभग बुजुर्ग महिला मेरे पीछ-पीछे चल दी।

उसने हक समझा मुझ पर, मेरी हर बात का ख्याल रखना उसने अपना कर्तव्य माना हो मानो। बहुत ठोकरें खाने के बाद मैं इस अपनेपन को बटोर पाई थी, अजनबी महफिल के लिए मैं श्यामा को निराश नहीं कर सकती थी। जो रास्ते भर से शहर घूमने का, लोगों से मिलने का सपना दुबकाए मन ही मन खुशी से झूमती आ रही थी, भला उसकी मुक्त आँखों को मैं इस बड़ी इमारत की नवीं मंजिल के इस बंद कमरे में कैद करके संगोष्ठी में कैसे जा सकती थी, सिर्फ इसलिए कि वो हमारी जीवन शैली से अलग मिजाज की थी। श्यामा के लिए यहां हर चीज खिलौने जैसी थी, सब नया था। रिसेप्शन पर बैठी लड़की को श्यामा ने मुस्कराकर अभिवादित किया, "खमा घणी।"

वर्षा से गुमसुम बैठी खुशी के अकाल में चेहरे को मुरझायी लड़की ने हाथ जोडकर मुस्कराकर श्यामा को नमस्कार किया। शायद दिलों को जीतने हेतु ना धन लगता है, ना अच्छे लिबास, हमारी आँखों का मुस्कराता अभिवादन किसी को अपने जैसा

बनाने में समर्थ होता है। यूनिवर्सिटी की तरफ गये ज्यों ज्यों रास्ता कट रहा था, मेरी साँसे चढती जा रही थी, आज के संगोष्ठी अवसर पर मेरे बैच का प्रत्येक स्टूडेन्ट वहां मौजूद होगा और वही पुरानी टीस देने वाली बातें उमडकर आएंगी और श्यामा, इसका परिचय मैं करवाऊंगी। सबका लीविंग स्टेण्डर्ड भी कितना अपग्रेड हो गया होगा और मैं उस गाँव के कोने में धूल चाटती उन सरकारी फाइलों के नीचे दब सी गयी हूँ।

एक बार तो ख्याल आया कि वापस लौट जाऊं, जब दिल राजी ही नहीं उन गलियारों में फिर मुड़ने को तो भला क्यूं जानबूझकर ठेस लगवायी जाये। मैं जैसे ही यूनिवर्सिटी स्टेण्ड पर उतरी, चारों तरफ एक जानी पहचानी भीड़ दिख रही थी।

कुछ लोग नये चेहरों को ढाँपे थे तो कुछ वही पुरानी ओढ़न लिये थे। श्यामा ने पूछा "बाईसा यो आपाँ कठै ज्यास्याँ।" मैंने श्यामा को अंगुली से गेट पर इशारा करते हुए कहा, "श्यामा! ये मेरी यूनिवर्सिटी है, मैंने यहां अपनी पूरी पढाई करी है, आज हम यहां संगोष्ठी के आमंत्रण पर कार्यक्रम में आए हैं" श्यामा दाएं बाएं झाँकने लगी। वो कुछ पलों में ही शायद इस चकाचौध से घबराने लगी "यहां श्वास लेने पर भी होड़ लगी जाती है, ना पूरी हवा थी और ना पूरा-जीवन, उसके प्राण कचोटते ही होंगे जिसको इस तरह जिन्दगी की आदत ना हो, यहां चेहरों पर हँसी बनावटी दिखावे की थी, दिलों के राज सबके अन्दर दबे पड़े थे।

चारों तरफ काफिले का शोर बढ़ता जा रहा था, मैं महसूस कर पा रही थी, इस भीड़ में गुजरती अपनी पुरानी जिन्दगी को......... पीछे से आकर रायमा ने आँखें बंद की और उसके स्पर्श को मैं आज भी भूली नहीं थी। रायमा ने आगे बढ़कर गले

लगा लिया। मानो जीवन यही होता है, अपनों के ईद-गिर्द सॉसें घूमती रहती है और हमें जिन्दा होने का प्रमाण देती है। आँखों की कोर आंसुओं से सज गयी थी। श्यामा को मेरे पास खडा देख रायमा ने मस्करी करते हुए कहा" आहो!!! राजस्थानी असिस्टेंट!

एक पल को लगा कि रायमा ने मेरे सारे अरमानों को निचोड़ दिया हो!! क्या किसी के लिए अपने पन का कोई मोल नहीं होता। मैने श्यामा को अपनी ओर बुलाया और कहा, मैडम रायमा फार योअर काइन्ड इनफॉर्मेशन सी इज माई न्यू फ्रेंड, श्यामा।

श्यामा ने "खमा घणी" करके रायमा को अभिवादित किया। 'सॉरी " तुम बिल्कुल नही बदली" रायमा ने मुस्कराकर अन्दर चलने का हुक्म दिया।

वर्तमान, अतीत की छाया होता है और अतीत दुख देता हो तो वर्तमान को इससे अलग कर देना बेहतर होता है। श्यामा ने मेरा हाथ पकड लिया, "बाईसा म्हानै डर लागै, यो कठै खो ना जाऊं।"

सभी दोस्तों से हॅसी-अठखेलियां करते करते पता ही नही लगा, समय का। रायमा, भोला और मैं संगोष्ठी में एक कोने पर बैठे पुराने किस्सों को याद करते जा रहे थे और पास में बैठी मेरी श्यामा लोगों के तथाकथित रोबोट सभ्य होने पर चकित थी। मेरे हृदय में बार-बार यही प्रश्न उठ रहा था कि बाबू जमाल कहां है...... परन्तु इस प्रश्न को पूछने की शक्ति अब मुझमें नहीं थी। बाबू जमाल का ऑडिटोरियम में खडे होकर अक्सर यह कहना-

"लफ्जो से मोहब्बत की है,

तो बर्बाद हो जाओँगे

मेरे अन्दर समाया जमाना है

पढकर दिल मेरा आबाद हो जाओगे।

आज वहीं पुरानी सीटें, वही जगह, वही लोग, परन्तु समय की अजीब छाया थी इन सब पर। रायमा, भोला बडी कम्पनियों में अच्छी नौकरियां कर रहे थे, लाईफ स्टाइल भी अच्छी थी परन्तु क्या समय ने उन्हें बेपरवाह समझदार करार दिया था या वो पुराने नकारात्मक किस्सों को याद करने को बेफिजूली समझते थे।

स्टेज पर घोषणा सुनकर मेरा हृदय दहल उठा, जमशेद सिद्दकी " लाइफ टाॅइम बेस्ट स्टूडेन्ट ऑनर के लिए आमंत्रित हुआ था कि मैं आश्चर्यचंकित थी।

"हाउ इज इट पॉसिबल, 'बाबू जमाल"!... स्टेज पर वही पुराना शख्स बाबू जमाल, वही पुराना अंदाज लेकर खड़ा था। मैंने रायमा से पूछा "ये कैसे!!!"

रायमा ने कहा "अवि उस दिन जो हुआ वो आँखों का भ्रम था, बाबू जमाल ने दूसरे की सहायता के लिए अपने आप की फिक्र नहीं रखी, तुमने तो कभी मुड़कर देखा ही नहीं।"

"बाबू जमाल ने 'जमाल फाण्डेशन' को जमीं से आसमान तक का सफर दिया है, वो अक्सर तुम्हारी बात करता है, उसके बेगुनाह होने का जिक्र उसी ने करने से इन्कार किया था और तुम्हारे यहां आने से सबसे ज्यादा खुश वही तुम्हारा गुनहगार

व्यक्ति बाबू जमाल है।" मैं समझ नहीं पा रही थी कि आखिर मैं क्या सुन रही थी। वो बाबू जमाल जिसके लिए मेरी कवायदे कितनी गलत थी।

विश्वास क्या वक्त का मोहताज होता है, मैने पल-भर में अपने आप को यह जाहिर करवाया था कि मेरा विश्वास करने का हुनर गलत था। बिना सोचे-समझे बाबू जमाल के गुनाह की किंचित सजा खुद को दी थी क्यूंकि मैने किसी गलत व्यक्ति पर भरोसा किया था। स्टेज पर खड़ा बाबू जमाल अपनी पंक्तियां दोहरा रहा था---

वो समझे वक्त के मुताबिक गलत मुझे,

सच क्या झूठ क्या, ना समझा पाए हम तुझे,

बरसों बाद ये चेहरे देखकर लगता है,

आखिरीं बार देखकर महफिल में भूला जाए हम तुझे!!

मेरी आँखें डब-डब हो आई! बाँगड़गढ़ की विकास अधिकारी का पद मुझे हमेशा इसलिए छोटा लगता था कि बाबू जमाल के दिखाए सपनों की राह को एक दिन उसी ने तोड दिया था।

मुझमें सपनों की कीमत अदा करने की हिम्मत नहीं थी जब स्टेज पर जाने की मेरी बारी आई तो मेरे पैर काँप रहे थे क्यूंकि अग्रिम पंक्ति में बैठे उस पुराने शख्स से आँख मिलाने की हिम्मत नहीं थी मुझमें। मुझे खडा होता देख श्यामा मेरे पीछे-पीछे चल दी, रायमा ने श्यामा को अपने पास बिठाते हुए कहा, 'हुकुम आप यहां बैठो।'

ये वही पुराने लोग थे, जिनको मैंने मुझ पर बिगडते देखा, जरूरत के समय मेरे साथ नहीं होने की शिकायत में

शरीक होते देखा। परन्तु अक्सर हम जैसा सोचते है वैसा नहीं होता।

दोस्ती दुनिया का सबसे पाक रिश्ता होता है, इसमें नहीं समझ पाने की गुंजाईश नहीं होती, दोस्तों के हाथ मजबूती से पकडते है और गिरने से पहले बखूबी पकड़ते हैं। मैने कदम आगे बढ़ाए तो स्टेज पर पड़ा माईक जैसे मुझ पर मखौल उडा रहा था। मैंने नजरें चुराने की हरसंभव कोशिश की परन्तु बाबू जमाल की एकटक नजर मेरे सामने थी... भोला, रायमा खुशमिजाजी से देखे जा रहे थे!!

यूनिवर्सिटी में हमारे जमाने में मेरी और बाबू जमाल की शायरी तुकबंदियाँ बहुत सुनी जाती थी। मैंने बाबू जमाल की बात का जवाब देने की कोशिश की–

आखिरी बार!! कहकर ना जाना कोई अब,
क्या कहूँ, क्या सुनूँ, रूक जाते हैं मेरे लब,
खामोशियाँ नजरों से बोलती है सब,
टूटी सही, उम्मीदों से चलेंगे हम अब
राहों पर रहेगा तुम्हारा ही सबब......

किसी पर हमारा अटूट विश्वास कर लेना, हमारे अन्तर्मन को उस पर न्यौछावर कर देने जैसा होता है, जब यह विश्वास टूट जाए तो लगता है किसी ने हमारे अपने अहसास पर प्रश्नचिन्ह लगा दिया हो, मुझमें अब किसी भी अतीत की परछाई का सामना करने की हिम्मत नहीं बची थी। मैंने सबकी नजरों से बचकर श्यामा को लेकर होटल जाने का निश्चय कर लिया था। रास्ते भर खूब फोन बज रहा था, कभी रायमा कभी

भोला, परन्तु मैं आज बच निकलना चाहती थी। क्यूंकि ऊन को सलाईयों में पिरोकर स्वेटर बुनना आसान नहीं होता परन्तु उधेडकर रूप बदल देना बेहद सरल हो जाता है।

हम अक्सर सरलता से दूर भागते हैं। मैंने पुन: नहीं आने का निर्णय ले लिया था। श्यामा जो चुप थी, शायद मेरे मन के कोलाहल को भांप चुकी थी। बिना स्वार्थ, बिना मतलब अपनापन निभाने वाले लोग भी क्या अजीब होते हैं। हमारी हंसी में साथ हॅसते हैं और दुख में साथ रोते हैं पर कभी हमें जताने की कोशिश नहीं करते कि वो हमारे अपने हैं।

श्यामा शायद उन्हीं लोगों में से एक थी मेरे लिए। होटल पहुंचकर मैंने श्यामा से कोई बात नहीं की। श्यामा मेरे सामने आकर बैठ गई, "बाईसा आप ठीक हो।"

आज दिल भर आया था, फूट फूटकर रोने का मन कर रहा था, मैं पचास वर्ष की उस अधेड उम्र की औरत की गोद में सिर रखकर खूब रोने लगी। गुब्बार किस कारणवश था वो तो मैं नहीं समझ पा रही थी परन्तु शायद यह वो जनरैशन गैप का नतीजा ही था जो मुझे घर से दूर कर रहा था।

काश! अधिक महत्वकांक्षी होने को पुरानी पीढ़ी समझ पाती और जीवन के वास्तविक मूल्यों को आज की पीढ़ी समझ पाती। डोर दोनो तरफ से खींचती हैं तो तनाव उत्पन्न होता है बशर्ते एक तरफ से ढिलाई आनी ही पड़ती है।

श्यामा जो आज तक मेरे मजबूत किरदार को देखती आई थी, मुझसे प्रश्नभाव से बार बार जानने को आतुर थी, 'बाईसा क्या हुआ!

अक्सर हमें दूसरों की जिन्दगी को देखकर जीना चाहिए, तभी हम संतोषी भाव से शान्तिपूर्वक रह पाते हैं। मैं श्यामा से क्या कहती। जिन्हें कहना चाहिये था, उनसे बचकर मैं भाग रही थी। अपनो के बीच की वेदनाओं से पूरित प्रेम से बेहतर था शायद यह।

फोन को देखा तो पचास मिस्ड कॉल स्क्रीन पर दिख रही थी। कुछ मॉ की भी मिस्ड कॉल थी शायद रायमा ने बताया होगा, मेरे यहां आने का। मैंने आखिरकार घर लौटना उचित समझा। रफीक चाचा की दुकान और मनोहर हलवाईवाला के बाजू में जब रिक्शा रूका तो सामने पड़े पुश्तैनी घर पर बड़े अक्षरों से नेम प्लेट पर लिखा था "आशियाना"।

श्यामा अपनी गठरी लेकर मेरे पीछे पीछे मूक गतिमान थी। छोटी-मोटी तकरार के बीच मैंने अपनों से मौन रिश्तों की नींव कब रख दी थी, पता ही नहीं लगा। जब डांट फटकार के बीच मैंने अपना दु:ख सुख बॉटना बंद कर दिया था, ना बातें होती थी और ना ही सवाल जवाब। समय के साथ मुझे यह समझ आ गया था कि मेरा रवैया समय मुताबिक गलत था और अपनों की डॉटफटकार मेरे हित में थी परन्तु इन सबके बीच मैं अपनी आवारा आजाद जिन्दगी को खोकर एक जगह सिमट गई थी। अपनी करतूतों पर, कवायदों पर शर्मिन्दा थी परन्तु आज भी अफसोस था कि बाबू जमाल फाउण्डेशन का हिस्सा बनने पर मुझे घर से निकाल देने की धमकियां मिली थी। बाबू जमाल के किस्से के बाद मैं मजाक और मखौल का निशाना अपनों से ही बनी थी, आखिर समझने की जरूरत किसी ने नहीं की।

परिवार को नाज था, मेरे विकास अधिकारी पद पर चयन होने का परन्तु मैंनें नाराजगी को तोड़ना स्वीकार नहीं किया था क्योंकि सीने में लगाए ख्वाबों के पर तोड़कर एक पल में जमीन पर आकर गिरना आसान नहीं होता, दूसरों के लिए जीने की ख्वाहिश रखकर खुद की तरक्की को लक्ष्य बना लेना मेरे वश में नहीं था।

तृतीय अध्याय

पॉंच भाईयों का पुश्तैनी घर और आखिरी छोर का हिस्सा मेरे पिताजी का था। शहर में खुली जगहें नसीब वालों की होती है, बमुश्किल पुराने जमाने की टूटती सॅंवरती यादों का एक झरोंखा था हमारे पास 'आशियाना'। यूँ तो श्यामा को मैं शहर दिखाने के लालच से बॉगड़िगड की दीवारें लांघने को उकसाया करती थी परन्तु शायद भीतर का कोलाहल इस शहर में ज्यादा रहता था। भीड़ तो मन के अन्दर भी थी बदलावों की और गलतियों के अहसास की।

पिताजी बालकनी में बैठे आज फिर अखबार पढ रहे थे, दोपहर का समय और सब तापमान की सुर्ख ललकारों के बीच घूमते पंखों में बंद बैठे थे। श्यामा ने मानो चुप्पी साध रखी थी, अब वह मेरे कुछ कहने का इंतजार कर रही थी।

आज पूरे दो वर्ष बाद अपने ही घर की अनजानो की तरह घंटी बजाने का दुस्साहस किया। पिताजी ने झुककर देखा, मेरी आँखें उन पर जा टिकी कुछ देर के लिए फिर वही सन्नाटा था हमारे बीच।

माँ ने आकर दरवाजा खोला, 'अवि' कहकर माँ ने गले से चिपका लिया। पिताजी भी नीचे आकर मेरे सामने खड़े हो गये। अक्सर पिता अपना प्रेम चाहकर भी बच्चों पर दिखा नहीं पाते, एक मौन साधक की तरह जीवनभर अपने बच्चों की परवरिश

के लिए भागने वाला पिता किसी रंगमंच के बैक स्टेज व्यवस्था जैसा होता है, जिनको ना श्रेय की चाह होती है ना प्रेम दिखाने की जरूरत। मैंने पीछे मुड़कर श्यामा की ओर इशारा करते हुए कहा, ये श्यामा बाँगड़गढ़ से आयी है! आपको बताया था ना माँ!!

वही श्यामा! मानो पिताजी सब जानते थे, हमारी चर्चा नहीं हुई थी कभी श्यामा के विषय में, परन्तु माँ तो उनकी दूरबीन के जैसी थी, जिनकी आँखों से वो सब देख लेते थे। मेरा शाम का वापसी का रिजर्वेशन था, घर आने की हिमाकत का सोचा भी था तो दफ्तर से छुट्टी नहीं ली थी। पिताजी ने श्यामा से खूब बात की और माँ ने भी खूब मेरे बचपन के किस्से सुनाए। अपने कमरे में पहुंचकर मैंने पाया कि वक्त के साथ सब चीजें अस्त-व्यस्त हो गयी थी परन्तु दीवार पर लगा पोस्टर अब भी वहीं का वहीं था... 'बदलेंगे राहें जमाने की' नीचे बड़े अक्षरों में लिखा था जमाल फाउण्डेशन।

मेरी नाराजगी की वजह शायद अब मेरे अपने जानने लगे थे, तभी से पोस्टर धूल से भरा था परन्तु कचरा नहीं समझ आ रहा था। माँ ने रूकने को कहा परन्तु मैं रूक नहीं सकती थी, पिताजी ने आते वक्त हाथ में पैसे थमाते हुए कहा "कितने दिन की नाराजगी है अवि!!! ध्यान रखना अपना!!!"

हर महीने मेरे अकाउण्ट में तनख्वाह का पैसा जमा हो जाता था, कोई कमी नहीं थी। मैं गले लगकर माफी मांगना चाहती थी और बाबू जमाल की नई सच्चाई पिताजी को बताना चाहती थी परन्तु अक्सर हम कुछ सीमाधिक खुद को तवज्जो दे देते हैं।

श्यामा बिना शहर घुमे वापसी की रेलगाडी में मेरे बगल में बैठी थी।

'बाईसा, आपरै परिवार सूँ मिल के घणों आनन्द हुयो, बड़ा चोखा लोग है।' मैंने श्यामा को हूँ कहकर टाल दिया। परिवर्तन हमारी जीवनशैली में उलट-पुलट ले आया है। हम खुशियों को इन्टरनेट, मोबाईल पर खोजने लगे है परन्तु आसपास हमारे अपनों की तरसती आँखें हमें बेगानी लगती है, हम दूर के फेसबुक दोस्त से बात करके मुस्कराते है और माँ के किसी सवाल का जवाब देना भी हमें भाता नहीं है। माता पिता का स्थान हमारे जीवन में सर्वोपरि होना चाहिए, उसे भी हम समय के तराजू में तोलकर इस्तेमाल करने लगे है। दोस्तों के बीच खिल्लियां उड़ाते हमारी जुबाँने नहीं रूकती परन्तु बूढी दादी से बात करके हम उबने लगते हैं।

शहर की धुंआ कालिख हमें परोसी जाए तो हम सुकून पाते है और गाँव की ठण्डी छाँव में बैठे किसान को ग्वार फूहड समझते हैं। बदन महंगे लिबास से ढककर हम फुटपाथ पर बैठे बच्चे को आसानी से दुतकराने का अधिकार समझ बैठते हैं। एकत्व के सिद्धान्त से हम भटक गये है, सर्वानाम् एकत्वं से मम् हि सर्वम् की ओढनी लेकर चलने लगे हैं। परिवर्तन की दिशा परिवारों के बीच में ही खलल नहीं डालती अपितु प्रकृति भी नाखुश है हमारे इस स्वार्थी परिवर्तन से। पीपल पूजा, वट पूजा से दूर हम सातवीं मजिलां इमारत के नीचे दबें सौ वर्ष पुराने पीपल की आहट भी नहीं सुन पा रहे हैं पिकनिक स्पॉट निर्धारण भी अनबुझे से है।

नदियां कलरव करती आती तो हम आश्चर्यमिश्रित शोर बनाने उन जगहों को घेर लेते हैं। हम मौन में जीवन खोजने लगे हैं और जीवन में मौन-साधना करके खुश रहने का प्रयास

करते हैं। सच झूठ का फासला सिर्फ अदालतों की चौखटों पर बरकरार है, आम आदमी का जीवन तो झूठें वादों का मोहताज हो गया है। सच्चाई इबादत नहीं, कानूनी इबारत जैसे महसूस होने लगी है। इस परिवर्तन की आग हमें दहका रही है, गलत कार्य करने को बहका रही है परन्तु हमारे पास बैठकर इस परिवर्तन को शान्त करने का समय नहीं है।

जीवन-अवधि का अधिकांश समय हम शिकायतें करते हैं दूसरों के बर्ताव की, परन्तु थोड़ा समय भी हम खुद की शिकायत के सुलझाव पर नहीं बिताते। गाँवों में दहलीजें घरों की, शिक्षा के लिए बाहर का रास्ता नापती है और विकास की राह ताकता गाँव के बूढे बाप का चौखट वर्षों भर सिर्फ इंतजार की बूढी आँखें लिए कब पत्थराया घूमने लगता है... भीड़ में छुपकर बैठा शहर का आज प्रवासी समझ क्यूँ नही पा रहा है।

समय परिवर्तनशील है...... मेरे मन में ये विचार बार'-बार कचोट रहे थे। पिताजी और माँ रेलगाडी की गति से पीछे छूटते दिख रहे थे।

"सुबह का भूला शाम को घर लौट आए तो उसे भूला नहीं कहते" बचपन से माँ ये पंक्ति बार बार कहती रहती थी परन्तु इसका अर्थ मुझे वास्तविकता में आज समझ आ रहा था।

अपनों के बीच स्वयं का अस्तित्व भूलाना पड़ता है, स्वार्थ से दूर नि-स्वार्थ प्रेम की उलाहनें भी सुननी पड़ती है। अपने हित में पिया विष भी अमृत तुल्य होता है। मेरे एक तरफ अतीत था और दूसरी तरफ आज, बीच में भी झरोखा लिए कहीं परायों से नजदीकियां और कहीं अपनों से गहरी ना टूटती दूरियां। संगोष्ठी

से आने के बाद मैंने स्क्रीन खोलकर देखा तो रायमा, भोला के सैकड़ों फोन बिना सुलझे आ चुके थे। मैंने स्क्रीन खोलकर देखा तो रायमा ने बहुत सारी तस्वीरें संगोष्ठी की शेयर कर रखी थी।

काश! वह मेरे दिल में उमड़े तूफान को समेट पाने में भी उतनी ही सहज होती। अल सुबह हम बाँगड़गढ़ के छोटे से स्टेशन पर उतरे, सुबह की ठण्डी हवाएं मन मोह ले रही थी, हल्की-सी रात अभी भी बाकी थी। श्यामा मस्तमौला अंदाज में पैरों को पटक रही थी।

खुशमिजाजी का अपना ही मजा होता है, दुनिया के सभी रस्मों-रिवाजों से दूर। श्यामा को हवेली के सामने छोड़कर मैं आगे जाने को मुड़ी ही थी कि सामने से कुँवर लक्ष्य से आज फिर मुलाकात हो गयी।

ये शख्स मेरी समझ से परे था, पूरी बतीसी सुबह ही ढेर करके मानो हुकुम बनने का दिखावा कर रहा हो, परन्तु इसमें ठाकुरसा का अंश भी मालूम नहीं होता था। मैं क्वार्टर लौटी ही थी कि सामने की दीवार पर टंगी यादें बह-बह मुझे फिर वहीं ले जाए जा रही थी, घर लौटने का सबब था या इस बाँगड़गढ़ के अपने बसाए बेगाने घर की छत का सुकुन था मुझे फिर वही दैनिक चर्या शुरू हो गयी। सुबह श्यामा की चाय से लेकर शाम तक का दफ्तर में फाइलों को छानना सब वहीं पुराना था, वो अपनी गति से फिर चल पड़ा था। गाँव में सब लोगों से अच्छी जान-पहचान हो गई थी और यूँ कहूँ तो अपनेपन का अहसास मुझे तरोताजा कर रहा था।

जीवन में सीख किसी से भी ली जा सकती है, हर व्यक्ति का अपना एक दृष्टिकोण होता है, हमारे लिए किसी भी दृष्टिकोण का उत्तम होना स्वीकार्य होना चाहिए फिर चाहे वह कोई चतुर्थ श्रेणी का व्यक्ति ही क्यूँ ना हो। यही सकारात्मकता हमें अपनेपन के सूत्र में पिरोकर एक बेहतर समाज बनाने की प्रेरणा देती हैं। मैं अपने दफ्तरी निर्णय अक्सर कनिष्ठ रामजी के सहयोग से ही लेना उचित मानती थी क्यूँकि उम्र का तकाजा डिग्रियों से बेहतर होता है, ऐसा मान लेना कई उदाहरणों से सिद्ध होता था।

हवेली के सम्मुख रहते मुझे इतना समय बीत जाने के बाद भी पूरा देखने का अवसर नहीं मिल पाया था। रोज शाम को मुझे तलब होती कि मैं बालकनी में खड़ी होकर इस मीनार को नजराना पेश करती रहूं अपनी निगाहों से। बुर्ज पर बैठा कौआ, जैसे अतिथि आगमन का संदेश श्यामा मुताबिक रोज देता था।

मुझे लगता कि मीनार अगर संसार है तो मैं कोऐ की भांति ईश्वर का संदेश मात्र भी हो सकती हूँ। मोरा आजकल मेरे पास पढ़ने आ जाया करता था। बालकनी में बैठकर मैं उसे गणित का सवाल सुलझाने को कहती और स्वंय उलझनों का पहाड़ चढ़ती। मोरा की कोशिशे दिन-ब-दिन अनुशासित एवं मजबूत होती जा रही थी।

'बाईसा' यो आप जैसा बनने को क्या परीक्षा देनी पड़ती है" एक दिन फटे होंठ और छिली हुई कोहनी को दुबकाता मोरा मासूमियत से पूछ पड़ा।

मुझे सख्त नफरत थी किसी के जैसा बनने से, किसी की नकल करने से, आखिर जीवन स्वंयभूत है, अपनी पहचान दूसरों के आधार पर बुनना मुझे किंचित गलत लगता था। मोरा इस सच्चाई से रूबरू नहीं था कि शिक्षित अनपढ़ होने के बजाय इंसानियत पूर्ण बेहतर व्यक्तित्व ऊपरी होता है।

"तुम मुझ जैसा नहीं, बड़े आदमी बनना मोरा" मैंने दूसरा सवाल देते हुए मोरा की बात का अनमना जवाब दे दिया। सच ही तो है, हमें आज की पीढ़ी को सफल बनाने के साथ-साथ बेहतर बनाने की भी आवश्यकता है।

बेशक अच्छी इमारत में बुर्ज का तराशा हुआ होना महत्व पूर्ण होता है परन्तु नींव की मजबूती के बिना इसको खण्डर बनते देर नहीं लगती। खोखले आकर्षण की मटमैली परतें हमारे समाज को दूषित कर रही है, अब यह आकर्षण धन का भी हो सकता है और पाश्चात्य तौर-तरीकों का भी।श्यामा को मोरा का मेरे क्वार्टर में आना बिल्कुल नागवार गुजरता था अपितु वह भी अक्सर मोरा की किताबों को पलटकर हिन्दी के अक्षरों को पढ़ने का प्रयास किया करती थी। मोरा दिन भर सेठजी के यहां नौकरी करता और शाम को ऊर्जावान होकर बड़ी शिद्दत से पढ़ता। जमाल फाउण्डेशन का हर चेहरा मेरे सम्मुख जीवन्त हो जाता था, जब भी मैं मोरा को देखती।

'कमी' यूं तो दो अक्षर का शब्द है परन्तु इसका अहसास बेहद गहरा होता है। 'शिक्षा से वंचित होना' शायद सबसे बड़ी कमी होता होगा। बाँगड़गढ़ के तमाम रस्मों-रिवाजों से मुझे सुकून मिलता था परन्तु औरतों को शिक्षा से वंचित रखे जाने की परम्परा मुझे खलती थी। नारी को शिक्षा से वंचित करना

अधिकारों का हनन करने जैसा है। मैं गांव की औरतों से बच्चियों को पढ़ाने की बात करती तो जवाब में मिला "बाईसा इन्हें कौनसी चाकरी करनी है"।

शिक्षा मात्र रोजगार उदेश्य से ही निहित नहीं होती, शिक्षा एक सुदृढ़ समाज की आवश्यकता है। स्त्री का शिक्षित होना कहीं ज्यादा जरूरी माना जाना चाहिए। सरकार की एक योजना के तहत मुझे बाँगड़गढ़ के बाहर ललारी गाँव जाने का आदेश मिला था। मैं रामजी के साथ जाने को निरीक्षण शर्तें पढ़ रही थी कि जानकर आश्चर्य हुआ कि कम्प्यूटर टेक्नोलॉजी के युग में आज भी महिला साक्षरता प्रतिशत बहुत नीचे रहता है।

गाँव के बाहर बने तालाब पर बैठी औरतों का झुण्ड कपड़े धोने बैठा हुआ था। हमारी गाड़ी के पीछे भागती बच्चियां शीशे से अन्दर झांक रही थी। 'बाईसा'...... कहकर पीछे दौड़ लगा रही थी। मैंने रामजी से कहकर गाड़ी रूकवा दी। केवी कॉन्वेन्ट स्कूलों में पढ़कर मुझे कभी अपनी गली के हिन्दी माध्यम की भारतीस्कूल में पढ़ने वाले दोस्तों से बात करना अच्छा नहीं लगता था परन्तु शायद बॉगड़गढ़ ने मुझे समानता की सीख सिखलाई थी।

मैंने उनसे बात करके यह महसूस किया कि शिक्षा एक झरोखा तय करती है जिसके इस पार उम्मीदें और सपने होते हैं और उस पार सजग आजाद जीवन।

इन दिनों मुझे "कृत्स्नो हि लोको बुद्धिमताम् आचार्य:" उक्ति ही याद आती है। बुद्धिमान व्यक्ति के लिए सम्पूर्ण संसार

ही गुरू होता है। गुरू वही है जो "महान हो" वैचारिक या शैक्षिक या जीवन मूल्यिक भी हो सकता है।

"मैने सबसे प्रश्न पूछा, "आप यहाँ कपड़े क्यूँ धोते हो, घर पर धोना चाहिए।" सब मेरी तरफ देखकर एकबारगी जोर से हँसी और एक ने कहा, "ई बहानै म्हानै बातॉ करण रो अवसर मिलै बाईसा।"

अवसर हमारे आस-पास खुशियां लिए अनेक होते है परन्तु हम स्वसम्मान का बोझा लिए प्रथम अनावृत मुक्त स्वर निकालने की हिम्मत ही नहीं कर पाते। कुछ देर बाद रेगिस्तानी बालू मिट्टी में पैरों को घँसाते हुए हम गॉव भर घूम रहे थे, आतिथ्य का सौभाग्य पाने को यहॉ हर कोई उतावला था। तपती धूप में बाहर चूल्हे पर एक औरत हमारे लिए चारपाई रखकर खाना बनाते दिख रही थी। रामजी ने आना-कानी करते हुए कहा, "बाईसा हमें अब चलना चाहिए।"

चार बेटियों की मॉ और दो कमरों के बाहर एक चूल्हे के सामने घूँघट की ढॉप में बैठी वो औरत एक प्लेट में बांजरे की रोटी और लहसून की चटनी लेकर जब मेरे सामने खड़ी थी, तो रामजी की मना करती आँखें चुराकर मैंने इनकार कर दिया तो तपाक से बोल पड़ी, "बाईसा अन्न रो अपमान नहीं करणो जीवन जेड़ो।"

मैं स्तब्ध थी, तंगी या गरीबी अपनेपन की रेखाओं को लॉघने की ताकत बखूबी रखती है। सूरज की तेज किरणों से थोड़ा ओझल हुई इस चारपाई पर मुझे सम्पूर्ण जीवन की सीख आज ज्ञापित हो रही थी कि बाबू जमाल सही था। हमें एक-

दूसरे के अभावों को समझकर सहयोग की भावना से समाज की नई नींव रखने का प्रयास करना चाहिए ना कि असमानताओं की चुभन का शिकार एक वर्गमात्र को बनाया जाए। मैने आँखें टिमटिमाती हुई समान आकार रूप-रंग की चारों बच्चियों को देखकर आगे बुलाया तो सृष्टि को समा लेने वाली मुस्कराहट के रंग आज बिखकर मेरे सूने मन को प्रदीप्त कर चुके थे। तभी एक ख्याल मेरे मन को हिला देने वाला था कि "जमाल फाउण्डेशन" की शुरूआत यहां क्यूँ नहीं की जा सकती है। इन सूखी निगाहों में मैं अब स्वप्न की नमी का अहसास देखने का सबब रखने लगी थी। साक्षरता प्रतिशत का मुआयना अब मेरे व्यक्तिगत हृदय की परीक्षा लेने को उतारू था।

बाबू जमाल की यादें, उसका अहसास जीवन्त होने को मेरे भीतर तड़प रहा था। मैंने महिला से पूछा "कौनसी कक्षा में पढ़ती है आपकी बच्चियां।" मेरी और फिर प्लेट आगे करते हुए महिला ने कहा, "बाईसा आगे री स्कूल ना गाँव में, तो अभी घरै है।" मैं किसी प्रकार का आश्वासन देने में असमर्थ थी। क्यूँकि बदलाव अनिश्चित प्रयासों का अनंत श्रृंखलित परिणाम है और जब तक किस्सा हमसे या हमारे परिवार से ना जुड़ा हो, हम इस बदलाव का हिस्सा नहीं बनना चाहते।

मैंने भी कभी बाबू जमाल के साथ ये सपने देखे थे परन्तु परिणाम आज क्या सम्मुख था, मैं वास्तविकता से परे नहीं थी परन्तु करूण हृदय की आवाज मुझे हर समस्या पर रूँआसा कर देती थी।

सूखी रोटी को चटनी से लगाते हुए मैंने रामजी की ओर खाने का इशारा किया। मुँह बिचकाते हुए कहे, "आप जानतीं

नहीं इन्हैं बाईसा, अपना कार्य समाप्त हो गया है, हमें चलना चाहिए।"

रामजी समझदार थे परन्तु समय का ये झरोखा उन्हें वहीं खड़ा रख रहा था, जहाँ से समाज की इस दुर्व्यवस्था को आज की नौजवान पीढ़ी गलत समझती थी। आनन्द और अपनापन लिए एक लू का झोंका मेरे पसीने से भीगे बदन को लम्बा सुकून दे रहा था। मैं जी भरकर बात करना चाहती थी, कई मौजू और सवालात थे मेरे मस्तिष्क में परन्तु पद और समय की सीमाऍं मुझे फिर बंधन में डाल रही थी। एक विचार जो मेरे भीतर सूक्ष्म परिवर्तन की आग जलाए था, को लेकर मैं गाड़ी में आकर बैठ गई। पीछे मुड़कर जब मैं गाड़ी के अधखुले शीशे से झांक रही थी।

मैंने पाया कि उस तपती धूप में वो महिला नंगे पैर और हाथ में वही प्लेट लिए हाथ हिला रही थी। मेरी इस गर्मी में जान निकलते बची थी, वहीं उसका भोला मन उसे परायों के लिए भी इतना बौराया कर रहा था कि दोपहर के पचास डिग्री तापमान में तपते पत्थरों का भी उसे अहसास नहीं था।

अपनेपन की एक लड़ाई थी मेरे हृदय में, आज की बेबाक क्रोधित होकर अपनों को वेदना देती पीढ़ी का हिस्सा होकर मुझे अफसोस हो रहा था।

"बाईसा आप इण लोगो री बात ना जाणों, ये बड़े चालू लोग है, काम सूँ मतलब राखिज्यो" रामजी ने मुड़कर चश्मा ऊपर करते हुए कहा।" मैं पहली बार इस तरह की दलील नहीं सुन रही थी परन्तु समाज के सभी वर्गों को एकसूत्रता में पिरोने का मेरा ख्याल भी तो नया नहीं था।

आजकल काम का भार अधिक हो आया था तो श्यामा से भी अधिक बातें नहीं हो पाती थी। हवेली की खबरें भी अब बासी हो जाने पर मुझे मिलती।

रसीला आज सुबह उठने से पहले ही दरवाजे पर दस्तक ले आई थी। हर बार की तरह मिजाज में अकड़कर बोली, "ठकुरानी सा ने बुलावा भेजा है, बाईसा।" बिना कुछ और कहे दरवाजे पर थाप माकर चली गई।

थोड़ी देर में श्यामा दौड़कर आई, "बाईसा कुँवर लक्ष्य के लिए रिश्ते वाले आ रहे है, आपको ठकुरानीसा ने बुलाया है, मुझे बहुत काम है, आप सही वक्त पर हवेली पधारों बाईसा।" श्यामा बिना तर्क सुनाये सीधी चली गई।

मैंने तारीख देखी तो आज इतवार भी नहीं था, पिछले दो वर्षों में मैंने इतवार के अलावा अवकाश लेने की जहमत तब तक नहीं की, यदि मैं बाँगड़गढ़ में रहती तो मुझे कामचोरी से डर लगता था। कुँवर लक्ष्य के रिश्ते पर मुझे भी आमंत्रण दिया गया, इसकी मुझे प्रसन्नमिश्रित आश्चर्य था, हवेली के आमंत्रण पर जाना मेरे लिए सौभाग्य जैसा महसूस होता था।

मुझे पारम्परिक लिबास पहनने में आकर्षण लगता था परन्तु श्यामा कहती थी बाईसा "यो पहनावों किस्मत की लकीर में लिखेड़ों हुवै, आप ना बणया ई खातिर"।

बाज दफा मुझे श्यामा की कई बातें पहेली जैसी आभास होती थी जिनको सुलझाने में मैं असफल रहती। मैंने दफ्तर से आज की छुट्टी ले ली थी क्यूँकि नाक सिकोड़कर चलने वाले कुँवर लक्ष्य के भविष्य में मेरी अभिरुचि सुबह रसीला के

आमंत्रण से अचानक जागृत हो गई थी। सूर्य पूर्व से दक्षिण में गति कर चुका था, मैंने भी तैयार होकर मोरा को हवेली से श्यामा को ढूँढ कर लाने को कहा ताकि मैं किसी प्रकार की असहजता महसूस ना कर सकूँ।

जश्न ठाकुरसा की हवेली में था परन्तु खुशियां सम्पूर्ण बाँगड़गढ़ को अपने आँचल में लपेट रही थी। "म्हानै ना दिखे बाईसा वो हवेली में।" मोरा दौड़ा हुआ आया, उसे भी जल्दी थी, हर कोई आज "साँझ" हवेली के चारों ओर चक्कर लगा रहा था।

मैंने सतरंगी सूट पहनकर हवेली में प्रवेश किया कि सामने बैठे ठाकुरसा खड़े होकर अभिवादन करते हुए बड़ी-सी मूँछों के नीचे होले से मुस्करारये, "पधारों बाईसा हुकुम!!! हवेली में आस-पास के सब लोगों की भीड़ थी परन्तु ठाकुरसा के बेटे गुम थे। कुँवर लक्ष्य साफा पहने गद्दी पर नीचे बैठे थे। काले रंग की चमकती लिबास कुँवर लक्ष्य के किरदार को मेरे सम्मुख कुछ और ही बयाँ कर रही थी।"

वस्त्र व्यक्ति के परछाई का कार्य करते हैं, बुरे को अच्छा दिखाने का कार्य इन काले सफेद वस्त्रों को बखूबी आता होगा। कुँवरसा ने मुझे देखा और मुस्करा दिये, इस व्यक्ति के हँसने से भी मुझे नफरत थी, किसी भी सम्मान की गुँजाईश नहीं थी। ठकुरानी सा अपने अदबी कदमों की आहट लेकर मेरे नजदीक आ रही थी।

पीली पोशाक में ढकी ठकुरानी-सा की शख्सियत मुझे ठीक वैसी ही प्रतीत हुई जैसी मैं बचपन में किस्से कहानियों की मुख्य किरदार की होती थी।"

बाईसा, आपने बुलाने की खास वजह यह है कि लक्ष्य बन्ना के ससुराल वाले आपके शहर के हैं, आपणे मिलके घणी खुशी हु जासी।" एक शान्त मुस्कराहट से कहती ठकुरानी-सा घूँघट को थोड़ा ऊपर करते जीवण को आने का संकेत कर रही थी।"

"जी, हुकुम" जीवण परासेनी ले आया। मैं लज्जा का भाव समझ पा रही थी, घूँघट में ढकी सभी औरतों के मध्य मुझे अपने विचित्र होने का अहसास हो रहा था। प्रतापसी काकीसा हवेली में प्रवेश होते ही जोर-जोर से चिल्लाने लगी, "सुगन मनाओं ठाकुरसा........ लक्ष्य बन्ना भी अब हवेली में लक्ष्मी लावेंगे, पर दहलीज सूनी ना हो जावे ठाकुरसा ध्यान रखना।"

प्रतापसी काकीसा तानाकशी में अव्वल थी बाँगड़गढ़ में। मुस्कराते चेहरे पर मानों सूनी दहलीज का दर्द ठाकुरसा के चेहरे पर उमड आया था। तीन बेटे परिवारों संग शहर प्रवासी हो चुके थे और सुख-दुख में शरीक होना, उन्हें अब हवेली आना फूहड़गिरी में शामिल होने जैसा लगता था। जनरेशन गैप वैचारिक मतों का अलगाव उत्पन्न करती है परन्तु माता-पिता से सँबंध तोड़कर किस प्रकार के नवीनतम सुखमयी जीवन की कल्पना आज की जनरेशन करती है। मैं भी उन्हीं में से एक हिस्सा थी, मैं भी अपनों को मीठी वेदनाएं बेशक अलगाव से दे ही रही थी।

मुझे ठाकुरसा में पिताजी का अक्स नजर आ रहा था, जब ट्रेन के चलने से पहले खिड़की से सटकर खड़े पिताजी के चेहरे पर जो सिकन थी, वहीं दर्द आज लम्बी-चौड़ी विरासत के मालिक ठाकुरसा के हाव-भाव में था। कामयाब बच्चों की खुशी के साथ उनके द्वारा दुत्कारे जाने का दर्द तब तक समझ नहीं

आता जब तक कि स्वयं उसे महसूस ना किया जाए। मेरे भीतर ग्लानि उद्वेलित कर रही थी।

काश! पिताजी से क्षमा याचना कर ली होती, मेरी मगरूर नाराजगी उन्हें भीतर ही भीतर इसी तरह कचोटती होगी। इतनी ही देर में सूचना आई कि मेहमान लक्ष्मण सिंह सा की हवेली ही रूकेंगे, रश्मि बाईसा भी साथ ही आई है तो विवाह पूर्व हवेली नहीं आ पावेंगी। सभी लक्ष्मण सिंह सा हवेली जाने की तैयारियॉ करने लगे। मैं भी निकलने और क्वाटर जाने का मार्ग खोज ही रही थी कि ठकुरानी सा ने इशारा करके अन्दर आने को कहा,"बाईसा आप म्हारै कमरा में पधारो, आपसूँ जरूरी बात करणी है।" मुझे यों मिले सहसा ठकुरानी सा के तवज्जो ने विस्मित कर दिया था। मैंने ठकुरानी के पीछे से कमरे में प्रवेश किया।

सलीके से रखी सभी वस्तुएं मानों मुझे, मेरे जीवन के बिखराव की उलाहने दे रही हो। ठकुरानी सा ने घूँघट उठाकर डबडबाई आँखों से एक बार मेरे सामने देखा और फिर नजरें चुराकर कहने लगी, "बाईसा! मुझे अहसास ही नहीं था कि वो लोग रश्मि बाईसा को भी ले आवेंगे, हमे रस्म आज ही अदा करनी होगी। अब बड़े कुँवरानीसा तो आए नहीं, आपसे सहायता की उम्मीद है, जरा मेरी मदद करें। घर के सम्मान का प्रश्न है, आप आभूषण लेने जीवण के साथ पिछले बाजार जाए, किसी को पता ना लगे बाईसा, हुकुम को पता लगा तो बहुत गुस्सा हो जावेंगे कि हमने पहले से तैयारी क्यूँ ना रखी।

ठकुरानीसा ने मुझे जिम्मेदारी योग्य समझा, इससे अधिक मुझे इस बात की प्रसन्नता थी कि मुझे हवेली में परिवार का

हिस्सा होने जैसा भाव लग रहा था। मैने जीवण के साथ पिछले बाजार जाने को ठकुरानी के कक्ष से बाहर निकलना चाहा कि उन मजबूत आँखों की कोर से गिरते अनगिनत आंसुओं को मैं नजरअंदाज नहीं कर पायी। मेरे जीवन का सर्वाधिक शक्तिशाली प्रभावयुक्त किरदार ठकुरानी सा का था।

मुझे श्यामा की एक कहावत याद आ रही थी जो आज वर्तमान परिप्रेक्ष्य में प्रत्येक व्यक्ति के जीवन पर यथार्थ सिद्ध होती है, मोर बहुत सुन्दर नाचता है परन्तु अपने पैरों की तरफ देखकर रोता है, उसे भी पंखों के रंगीन होने का अभिमान है परन्तु अपने पैर ही उसे सर्वाधिक नकारात्मकता देते है। हम सभी अपने स्तर का कार्य कितनी ही उत्कृष्टता से करें परन्तु अपनों के दिए दुख हमें कमजोर बना देते है।.........

ठकुरानीसा जी सम्पूर्ण विरासत की मालकिन थी परन्तु अपनों के लिहाजे निरी सुनी थी उनकी गोद। बच्चों को सक्षम बनाने के लिए माता-पिता सर्वस्व देने को उतारू रहते हैं परन्तु माता-पिता की एक डॉट फटकार का किंचित टोक भी उन्हें प्रगति में बाधा लगने लगता है। मैंने जीवण के साथ निकलकर, ठकुरानी सा के अश्कों को कमजोरी नहीं बनाना उचित समझा।

आभूषण खरीदते वक्त एक बार याद आया कि मैं कुँवर लक्ष्य के जीवन के महत्वूपर्ण पड़ाव का हिस्सा इस तरीके से बन रही होंगी, मैंने सोचा नहीं था।

इस व्यक्ति द्वारा किये गए अपमान के बदले की आग थी मुझे परन्तु ठकुरानी सा के आदर्शवादित चरित्र का सम्मान मेरे लिए अभी सर्वोपरि था।

ठकुरानी सा री लाज बचा लेना ठाकुरजी महाराज। मैं अप्रत्यक्ष रूप से कुँवर लक्ष्य के हित में ही दुआ कर रही थी। मैंने कुँवर लक्ष्य को क्षमा करने का मन बना लिया था। "क्षमा व्यक्ति को ऊँचा उठाती है, किसी भी व्यक्ति को क्षमा करके भी उसके अपने लिए रखे गए विचारों में परिवर्तन किया जा सकता है।" मेरे और जीवण के हवेली पहुँचने से पहले ही सभी निकल चुके थे, सामने बैठे अकेले कुँवर लक्ष्य साफा पुनः बाँधने का प्रयास कर रहे थे।

मैं आभूषण लेकर अन्दर आई कि जीवण ने कहाँ "कुंवरसा हुकुम ओर सब गए।" कुँवर लक्ष्य ने कहा, "हाँ मुझे यहां देख-रेख को छोड़कर गए है। बाईसा आप भी वही पधारिए, मॉसा इंतजार कर रही होगी" बाँगड़गढ़ के रस्मों रिवाज के मुताबिक लड़का और लड़की का दस्तूर अलग अलग स्थानों पर हाता था, परिवार के बड़ों द्वारा जो आधुनिक रिंग सेरेमनी से भिन्न रिवाज था।

आज मुझे भी हल्की-सी हँसी आ गई, कुंवर लक्ष्य का भोला चेहरा देखकर, ये व्यक्ति इतनी सुलझी बातें भी करता है, मुझे लगा नहीं था। मैंने जीवण के साथ आभूषण गाड़ी में रखे और लक्ष्मण सिंहसा की हवेली की ओर चल पडे। रश्मि का रिश्ता आया था लक्ष्य के लिए, लक्ष्मण सिंह रश्मि के रिश्तेदार थे जो बाँगड़गढ़ में रहते थे। जीवण मुझे रास्ते भर बाँगड़गढ़ की छोटी-मोटी सभी हवेलियों के नाम गिनाता रहा और ठाकुरसा से उनके सम्बन्धों की चर्चा करता। बारीकी से की हुई नक्काशी यहां की हवेलियों पर चार चाँद लगा रही थी। गर्म हवाओं

में भी बाँगड़गढ़ के इतिहास की ठण्डी छाँव के रस्मों रिवाज सकारात्मक सुकून देने में समर्थ थे।

पुरातन समय में की गई इतनी विलक्षण कारीगरी को देखकर मुझे आज की वास्तुशास्त्र और कलागिरी का आधार समझ आ रहा था। विज्ञान की विधार्थी होने के बाद भी मैं पुरातन सैद्धान्तिक मतों को अधिक सार्थक मानती थी और सत्य भी यह है कि अर्वाचीन सभ्यता जिंदा है क्योंकि वशीभूत प्राचीन व्यवस्था भी कुछ स्थानों पर कायम दिखती है।

जीवण ने एक छोटी-सी हवेली के सम्मुख उतर जाने को कहा तो मैं घबराहट महसूस कर रही थी कि कहीं ठाकुरसा मेरे यहां आने की वजह पूछ लेंगें तो मैं निरूत्तर हो जाऊँगी या ठकुरानीसा के विश्वास की मृत्यु मैं कतई नहीं करना चाहती थी।

मैंने बिना देखे अन्दर प्रवेश किया तो रोहित अंकल सामने बैठे थे, मेरे पिताजी के कट्टर दुश्मनों में से एक थे रोहित अंकल। आपसी लेन-देन की बात पर मेरे छ- वर्ष की वय में दोनों परिवारों के बीच हुए विरोध ने हम बच्चो का भी आपस में मिलना बंद कर दिया था। इसका तात्पर्य अब मेरे मस्तिष्क में चल रहा था कि रश्मि मेरी बचपन में रही लुकाछिपी की साथी थी परन्तु अब हम एक दूसरे को पहचानने में असमर्थ ही होंगे क्योंकि बहुत वर्षों से हमारी कोई मुलाकात ही नहीं हो पाई थी।

रोहित अंकल का ट्रांसफर अन्य स्थान पर हो गया था। रोहित अंकल की ओर इशारा करते हुए ठाकुरसा ने कहा, "बाईसा आपके शहर से ही है, यहां महिला विकास अधिकारी है

बाँगड़गढ़ में, आप परिचित होंगे हुकुम। ठाकुरसा ने एक बारगी मुझे देखा और फिर रोहित अंकल हँसकर बोले," अवि! बिटिया कैसी हो। मैं जानता था, तुम्हारे यहां पोस्टिंग का संदेश मिला था मुझे।

इस पराये गाँव में कोई अपना फिर दस्तक दे रहा था, मुझे खुशी थी या अपने भाग्य पर अनिश्चितता का भाव, जो मुझे अलग अलग तरह की घटनाओं के सम्पर्क करवाता रहता है, इसका वास्तविक निर्णय कर पाना मेरे लिए थोड़ा दुर्लभ था।

मैं ठाकुरसा के चरण स्पर्श करने को मुड़ी तो ठाकुरसा उठ खड़े हुए "नहीं बाईसा हुकुम!! आपरो कर्ज ना लगावो, हम उतार ना पावेंगे।" बाँगड़गढ़ में किसी को अपनेपन की रेखा में बाँधने की शक्ति जो भरपूर थी मुझे आधुनिक युग के शत्रुनिर्माण सिद्धान्तों से परे रखे हुए थी। थोडी देर में श्यामा बाहर आई 'बाईसा!!! आपनै ठकुरानीसा ने बुलावा भेजा है।'

"मैंने कक्ष के अन्दर प्रवेश किया, सभी महिलाएँ गीत गा रही थी, आवाज मधुर थी यह तो मुझे आभासित नहीं हुआ परन्तु मेरी समझ से परे था, इतना मुझे समझ आ रहा था।

रोहित अकंल की पत्नी और सभी औरतों ने खमाघणी करके पगा लगाई की। राजस्थान की संस्कृति एक-दूसरे को अनूठे सम्मान से नवाजने की थी, यहाँ बड़ों को ही नहीं अनुजों को भी सम्मान दिया जाता है, कभी-कभी मुझे यह दुनिया काल्पनिक लगती थी क्यूंकि यह वास्तविक था तो फिर समाज की अराजकता जो मैं यूनिवर्सिटी के जमाने में देखती थी, वह किस प्रकार का अवपतन था।

मैंने रश्मि को पहचान लिया था, यह कहना मुश्किल था परन्तु हम सोशल मिडिया से जुड़े थे तो पहचानने की परीक्षा आवश्यक नहीं थी। रश्मि सिर झुकाए सभी महिलाओं के मध्य विराजित थी, मैं गले लगकर बचपन की मित्र से मिलना चाहती थी परन्तु यह मुझे यथासम्भव नही होता दिख रहा था क्यूंकि बाँगड़गढ़ के रस्मों रिवाजों को मैं भली भांति तो नहीं जान पाई थी परन्तु इतना कह सकती थी कि यहां बडों के सम्मुख हर प्रकार के लिहाज को मान दिया जाता था।

मैंने आभूषण ठकुरनीसा की झोली में रखकर उनके पास जाकर बैठ गईं। लक्ष्मण सिंह सा की पत्नी ने कहा, "बाईसा! आपणी चर्चा बहुत सुणी है पर आपसूॅ मिलने का मौका आज मिला है, म्हारै बाँगड़गढ़ में मन लगो आपको," होले से मुस्कराई।

ठकुरानी-सा ने बैग खोलकर देखा और मेरी तरफ आश्वासित नजरों से देखकर पीठ पर हाथ रख दिया "आपरो आभार बाईसा"। मेरे पास कई डिग्रियों का समूह था परन्तु जीवन मुझे यहां लाकर जो सीख दी थी वो मैं कहीं ओर से नहीं पा सकती थी।

कभी कभी हम अपने आदर्शवादी किरदार से एक अजीब तरह का डर रखने लगते है और गहरी साॅसो में प्रेम की खुशबू इस भय को ओर गहरा करती है। ठकुरानीसा का सौम्य स्वभाव मेरे मस्तिष्क को सकारात्मक भाव देता था। अक्सर अनभिज्ञ रूप से बहुत लोग हमारी गतिविधियों से बहुत कुछ सीखतें है। परन्तु हम अपने व्यवहार को उत्तम बनाने का प्रयास करें तो किसी प्रकार की भी सकारात्मक ऊर्जा का अहसास खुद भी कर सकते हैं और दूसरों को भी प्रेरित कर सकते हैं।

मैं महिलाओं के मध्य रश्मि की तरह सिर झुकाकर बैठने की कल्पना भी नहीं कर सकती थी क्यूंकि जितनी स्वतंत्र जिन्दगी का मुआयना मैंने बचपन से किया था वो मुझे इस प्रकार के रिवाज को अदा करने की इजाजत ना देता था या मैं शिक्षित होने का अभिमान रखती थी कि पुरूषों के बराबर बैठने का हक था मुझे। सच ही है, समय कितना ही परिवर्तित क्यूं ना जाए, नारी शिक्षा एक औरत के स्वाभिमान के लिए नितान्त आवश्यक है।

मैं रस्मों रिवाजों को गलत नहीं मानती थी अपितु मैं इन्हें सम्मानजनक नजरिये से देखती थी। परन्तु स्त्री को दबाया जाना उसकी इच्छा विरूद्ध भी, स्वीकार्य नहीं था। थोड़ी देर मैं वहां बुत बनी सबकी बातें सुन रही थी। रश्मि से कई तरह के प्रश्न ठकुरानीसा ने पूछे कि बाईसा हवेली की मान मर्यादा का ख्याल रख पायेगी या नहीं। थोड़ी देर बाद जीवण दौड़ा हुआ आया, "ठकुरानी सा हुकुम हवेली पधार गये है लक्ष्य बन्ना के तिलक को, आप भी मुहुर्त अनुसार रस्म अदा करें।"

ठकुरानी सा ने रश्मि का तिलक करके जेवर पहनाकर कुँवर लक्ष्य की कटार हाथ में थमाते हुए कहा "म्हारी जीवन पूँजी है बाईसा। रश्मि जो गुलाबी रंग की फ्रॉक पहने पूरे कॉलोनी में मेरे साथ चक्कर लगाती थी, आज साँझ हवेली की जिम्मेदारियों का भार उठाने जा रही थी।

एक महिला का जीवन यही होता है, जिम्मेदारियां उसके जीने की दिनचर्या होती है मानो परन्तु यूनिवर्सिटी में बाबू जमाल फाउण्डेशन की नींव रखते वक्त हम सभी सखियों ने कसम खाई थी कि हम अपनी जिम्मेदारियों का दायरा

घर-परिवार तक सीमित न रखकर सम्पूर्ण समाज के परिवर्तन का हिस्सा बनेंगे, महिला शिक्षा, रोजगार, न्याय के हित लड़ेंगे।

परन्तु पिताजी ठीक कहते थे, 'बेटा। सोच पानी के बहाव जैसी है, बदलना है, तो जमीं की ढलान को बदलना पड़ता है अन्यथा पानी का बहाव नहीं रोका जा सकता। उनका कहना था कि आधारभूत भ्रान्तियों का निवारण करके हम बेहतरी की कल्पना कर सकते हैं।

मेरे लिए शिक्षा उस दुग्ध छलनी के जैसी मालूम होती है जिससे सम्पूर्ण दूध को छाना तो जा सकता है परन्तु यदि शिक्षा रूपी छलनी के नीचे संस्कार रूपी पतीला ना रखा तो दुग्ध का बह जाना तय है। संरक्षण-सुरक्षा तभी सम्भव है जीवन मूल्यों की, समाज में शांति-प्रेम तभी स्थापित किया जा सकता है जब शिक्षा से बेहतर सोच के छनन के बाद संस्कार रूपी संग्रहण बौद्धिक वैभव आज की पीढ़ी को प्रदान किया जाये।

सभी महिलाओं ने गीतों की गति तेज कर दी थी रश्मि से बात करने की इच्छा तीव्र थी परन्तु लिहाज के आड़े में चुप थी। मॉगल्य का प्रतीक माने जाने वाले ये गीत बाँगड़गढ़ में हर शुभ अवसर पर गाये जाते थे परन्तु शहरों में विकास की बढ़ती सीमाएँ मांगल्य से परे दिखावापरक व्यवस्थाओं पर जब से चलने लगी है, इन पुराने तौर-तरीकों का कोई मोल ही नहीं रहा हैं।

प्रतापसी काकीसा मुझे बार-बार घूरे जा रही थी, मेरे मन में उनके मुझ पर विचार व्यक्त होने की उत्सुकता थी। अभी तपाक से बोली, "ठकुरानी सा। बाईसा ने समझा देवो, रहणो

हवेली ही पड़सी, कहीं कुंवरानीसा की तरह शहर जाकर हवेली की खैर-खबर भी ना देखे!!" ठकुरानीसा ने चुप्पी की मुस्कराहट से जवाब दिया।

बाज दफा बहुत से लोग हमारे सहनशीलता के बॉध को तोड़ने और धैर्य की परीक्षा को मूल्यांकित करने का प्रयास करते है परन्तु सक्षम तभी हो पाते है, जब हम उन्हें सर्वाधिक महत्व देकर उनके तंज भरे करारे प्रश्न का जवाब दे। उपयुक्त यही होता है कि हम उन्हें उपेक्षित कर अपने आत्मसम्मान की रक्षा करें, हर स्थिति में।

मुझे ठकुरानी सा की यही बात उनका पथ-अनुसरक बनाती थी। शाम को सभी लोग इक्ट्ठा होकर मेहमानों को विदा कर रहे थे। रश्मि से अधिक वार्तालाप तो नहीं हो पाया था परन्तु सामान्य हाल-चाल ही हम साझा कर सके थे परन्तु नजरों से काफी बातें हो चुकी थी, शायद रश्मि मुझसे बाँगड़गढ़ में रह सकने पर प्रश्न उठा रही थी।

सभी मेहमानों के बीच से रोहित अंकल मेरी तरफ कहते आ रहे थे, "अवि! रश्मि को आपके पास ही आना तय था, बचपन की दोस्ती है आपकी तो।" उनका मन मुझमें रश्मि का बागढ़गढ़ में रखवाला ढूँढ रहा था परन्तु मैं उन्हें यह पूछना चाहती थी कि बड़ो की समझदारियां भी क्या टके के भाव बिक जाती है जब छोटी-छोटी बातों पर जीवन भर की नाराजगी बना लेते हैं। मैं उन्हें बाँगड़गढ़ का उदाहरण देकर समझाना चाहती थी कि यहां किसी प्रकार का वैमनस्य नहीं किसी के मन में। ठकुरानीसा अब समझ चुकी थी कि यह रिश्ता उनकी हवेली को पोषित करने वाला था क्यूँकि रश्मि समझदार और

काबिल लडकी थी। सभी ने एक दूसरे को खमा-घणी करते हुए विदा ली। ठाकुरसा ने लक्ष्मण सिंह सा के घर से सबको अपने गन्तव्य जाने की इजाजत दी और जीवण से कहकर मुझे हवेली आने का आदेश फरमा दिया। मैं सुबह से शाम तक यह महसूस करती रही थी कि मैं इसी हवेली का हिस्सा तो हूँ, अब नाते आनुवांशिकी में ही तो तय नही होते, कुछ पैगाम दिलों के जुडाव के भी होते है......

शाम की चाय आज हवेली के अतिथि कक्ष में थी। बडी-सी तस्वीर पूर्वजों के पराक्रम का बखान कर रही थी। विभिन्न तरह की तलवारें, भाले दीवार पर वीरता को उदघृत कर रही थी। कुँवर लक्ष्य बिल्कुल मेरे सम्मुख बैठे थे, आज इस व्यक्ति को पहली बार मैं इतना शालीन सभ्य देख रही थी। व्यक्ति कितना भी दुष्ट क्यूं ना हो, अपने घर में तो डाकू भी ऋषि बन जाता है। घर पहुंचकर सभी की बोलती बंद हो जाती है।

आज सुबह से भाभासा भी बैठे-बैठे परेशान हो चुकी थी परन्तु वृद्धावस्था में भी जोश कमाल का था, पुराने किस्से उमंग-उल्लास से सुना रही थी। मुझे उनके किस्सों में बडी दिलचस्पी थी। आज अवसर अच्छा था मैंने ललारी गाँव के निरीक्षण को ठाकुरसा से साझा करने का सोचा। मैंने मौका देखकर ठाकुरसा को सम्पूर्ण महिला साक्षरता स्थिति दर्शाते हुए गाँव में शिक्षा से वंचित बच्चियों ओर बुजुर्ग महिलाओं को पढ़ाने की स्वीकृति माँगनी चाही। "शाम के समय किसी स्थान पर आपके आदेशानुसार बेहतर शिक्षा का माहौल देने, वंचित वर्ग को पढ़ाने का मैं सोच रही थी।" मेरे इतना कहते ही कुँवर लक्ष्य ने ठाकुरसा की ओर नजर घुमाई "हाँ बाबूसा हम आपसे

इसी विषय पर चर्चा कर रहे थे कितने दिनों से, आप हर बार बात टाल देते है।"

ठाकुरसा ने मुस्कराकर कहा, "तुम्हारी पीढ़ी भी ना, बडी कमाल की जिद्दी है बाईसा! कुँवर लक्ष्य भी, ये साहब नौकरियाँ करने में अवसादित महसूस करते है। भला! इस प्रकार के फैसले से भविष्य की सुदृढता पर प्रश्न उठ सकता है इनके।" यह समान वही स्थिति थी जो पिताजी से जमाल फाण्डेशन की चर्चा के समय मेरी हुआ करती थी। ठाकुरसा को मैंने भी जोर देते हुए कहा, "आप तो आज के परिपेक्ष्य में शिक्षा और नारी शिक्षा के महत्व को भली भांति जानते है, आपका एक निर्णय और हमारा छोटा-सा प्रयास, बाँगड़गढ़ को नयी दिशा दे सकता है।'

ठीक है बाईसा! आपकी बात पर मैं विश्वास करके इजाजत दे रहा हूँ, इन गधे श्रीमान् को भी कुछ समझाइए, जीवन की कुछ आवश्यकता भी होती हैं। पेट भरने के लिए कुछ हाथ -पैर भी चलाने पड़ते हैं।" मुझे कुँवर लक्ष्य की तरफ देखकर खिंसियानी हँसी आ गई। आज मेरे अपमान का बदला मिल गया था।

परन्तु यह बात अब भी मेरे गले नहीं उतर रही थी कि इस व्यक्ति की सोच ऐसी भी हो सकती थी, भला यह भी सकारात्मक परिवर्तन की बात करता है परन्तु उस दिन कुँवर लक्ष्य का मुझ पर दिया गया तंज आज की स्थिति पर खरा नहीं उतर रहा था। यह दोहरा चरित्र मुझे और अधिक परेशानी में डाल रहा था।

रात हो आई थी, मैंने ठाकुरसा से घर जाने की इजाजत लेते हुए श्यामा को साथ चलने को कहा। ठकुरानीसा के कदम छूकर मैंने आशीर्वाद लेना चाहा परन्तु आज भी अपने आदर्शवादी किरदार के प्रति मेरे डर ने मुझे रोक लिया था। कुंवर लक्ष्य मेरे साथ ही चल पडे, मुझे श्यामा के साथ अपनी गति तेज करनी पडी ताकि इस दोहरी चरित्र का सामना ना करना पड़े।

"बाईसा! तो आप बाबूसा से जो कह रही थी, कैसे कर पाऍगी, सरकार के नौकर को समय मिलता है क्या, या नौकरी को अलविदा कह रही है।" तनिक भी बुद्धिमत्तापूर्ण प्रश्न नहीं आते थे इसके मन में। "परन्तु आज बात बच्चियों की शिक्षा की थी, मैं इस व्यक्ति को मुँह फोड जवाब दे सकती थी। मैंने कहा "किसी कार्य का सम्पूर्ण होना या ना होना, हमारे दृढ-निश्चय पर निर्भर करता है कुँवर साहब।........."

खोखली बातें करने और सच्चाई में बहुत अन्तर है मैडम "आप जैसी औरतें बेहतरी की बातें कर सकती है परन्तु अपने निर्णय को फलसफा करके बताओ तो आपकी चौखट को सलाम कुँवर लक्ष्य प्रताप का।" कुंवर लक्ष्य व्यंग्य कसकर हवेली के अन्दर चले गये।

पूरे दिन-भर की थकान के पश्चात् भी मैं उत्साहित थी परन्तु ये वही शब्द थे जो पहले सुने सुनाये थे, आज उनका किसी क्रम का पुनरावर्तन ही था। मेरे शरीर का दम टूट-सा चुका था।

स्वंय पर अधिक विश्वास भी हमें अन्दर ही अन्दर मारता है, घुटने को मजबूर कर देता है। मुझे अफसोस हो रहा था कि

क्यूं मैंने ठाकुरसा से इस तरह की बात पुनः की, अगर मैं करने में सफल ना हुई या मध्य में हार गई तो उन्हें क्या जवाब दूंगी। और मैं इस व्यक्ति के व्यंग्य के सम्मुख अपने आप को हारता हुआ नहीं देख सकती थी। एक बार पुनः गिरने की क्षमता मुझमें नहीं थी कि अचानक मुझे बाबू की एक कविता याद आ गई -

"वो करेंगे गिराने की कोशिश तुम्हें,

नजरों को झुकाकर मुस्कराकर डरा देना उन्हें,

शक करते हैं बेशक जमाने वाले तुम पर,

अटल रहकर शीतल मृदुता से जला देना उन्हें,

तेरी कोशिशें जब तक न होंगी थकन भरी,

नींद भरी आँखों के स्वप्न बतला देना उन्हें,

एक कारवाँ तेरे पीछे जुड़ता जाएगा,

बस एक दीपक की लौ जला देना उन्हें॥"

बाबू जमाल व्यक्ति नहीं सकरात्मकता का संग्रह था, हम अच्छे दोस्त थे, शायरी प्रतिद्वन्दी थे और सबसे अधिक बेपरवाह राहों के आवारा राही थे परन्तु समय की नामंजूरी ने हमारे रास्तें मिलाकर भी अलग कर दिये थे।

मॉ हमेशा कहती थी कि "ईश्वर दूसरा अवसर नसीब वालों को ही देता है" मैंने कभी ख्याल में भी नहीं सोचा था कि मुझे अपने शहर से कोसों दूर इस बाँगड़गढ़ में इस तरह किस्मत अपना अतीत दोहराने को कहेगी। मैं किसे अपना साथ निभाने को कहती, कोई इसे समझने को तैयार ही नहीं था कल और ना आज।

एक मेरी जैसी सोच रखने वाला मिला इस बाँगड़गढ़ में तो वो निहायती अभिमानी था, पुरुष प्रधान समाज का बौराया नमूना चरित्र जो स्त्री को किसी कार्य के काबिल ही नहीं समझता था। श्यामा मुझे छोड़कर हवेली चली गई, मैं रात्रिभर यही सोचती रही कि मैं किस तरह ठाकुरसा से कहे गये कार्य को कर पाऊंगी और कुंवर लक्ष्य के व्यंग्य का करारा जवाब दूंगी। ये युद्ध अपनों की दी गई वेदना के खिलाफ भी नहीं था, अवसर की आवश्यकता भी तो, मैं अब नहीं कर पाई, तो कभी नहीं। मेरे मस्तिष्क में यही विचार चलते रहें। नींद कल्पनाओं के कोसों परे थी, मुझे सिर्फ बाँगड़गढ़ की सभी महिलाओं का उज्जवल भविष्य देखने का स्वप्न दिख रहा था।

महत्वकांक्षाएं होना अच्छा है परन्तु "अतिमहत्वकांक्षी व्यक्ति को इनकी कीमत अपनी सांसों के मोल से चुकानी पड़ती हैं। मैं भी इसी प्रकार के पड़ाव में ही थी पिताजी सही थे, संतोष रखना भी आवश्यक होता है कभी-कभी स्वंय से भी और अन्य से भी।

चतुर्थ अध्याय

मैं दफ्तर में बैठकर अपना कार्य कर रही थी कि गोपी अन्दर आया "बाईसा" कुंवर सा आए हैं, आपसे मिलना चाहते है।, मुझे ऐसा लगा जैसे किसी ने अचानक मेरे सिर पर प्रहार कर दिया हो। मेरे कुछ कहने से पहले ही कुंवर लक्ष्य अन्दर चले आ रहे थे। मैंने गोपी काका से कहा, "मेरे ऑफिस में किसी को मेरी इजाजत के बिना नहीं आने के लिए समझा दो। "गोपी काका मध्य में खड़े रहे। वो हमारे वाकद्य युद्धों की नींव से परे अनजान थे। कुंवर लक्ष्य चुपचाप आकर मेरे सामने की कुर्सी पर बैठ गये। उन्होंने गोपी काका से बाहर जाने की ओर इशारा कर दिया।

मैं इस व्यक्ति की निर्लज्जता पूर्ण आचरण से पहले ही परेशान थी क्यूंकि यह मेरी तमाम समस्याओं का सबब बना हुआ था। मैंने गर्दन नीचे करके अपना कार्य करना शुरू कर दिया ताकि सामने बैठे निहायती अवांछित व्यक्ति की उपेक्षा की जा सके। कुछ देर तक बिल्कुल शान्ति थी, कुंवर लक्ष्य ने भी कुछ नहीं कहा और मेरे कहने से कुछ फर्क ही कहां पड़ता था। गोपी काका चाय ले आए थे, भला ये आदमी मेरे सामने बुत बना क्यूं बैठा है, जो कहना है कहे वरना यहां से चलता बने, जरा व्यंग्यों की पोटलियां बना ली होगी, जो यहां उडलने चला आ गया होगा।

कुंवर लक्ष्य बात शुरू करने की कोशिश करता और पुनः चुप हो जाता, मुझे आज के घटनाक्रम का सिलसिला कुछ समझ नहीं आ रहा था। मैंने ही कहा, कुंवरसा दफ्तर म्यूजियम नहीं है जो आप चले आए दर्शन करने, कुछ कहना तो कहिए वरना अपने कीमती समय को जाया ना करें।

कुंवर लक्ष्य ने मेरे तंज पर मुस्कराते हुए कहा, "एक्चुअली आई फेल्ट वेरी सॉरी" मेरी आदत है मजाक-मस्ती करने की परन्तु आपका मिजाज बहुत ही पेचिदा है।" मेरी भौंहैं उठ गए, होठ बिचक गये, "सॉरी... माई फुट, ये आदमी और सॉरी... इसके मुख में मीठे शब्द शोभा ही नहीं देते।" "मुझे काम के समय आपकी फिजूल बातों में कोई दिलचस्पी नहीं है महोदय!" मैंने पुनः अपनी गर्दन नीचे झुका ली।

"आप मुझे गलत ऑक रही है बाईसा, मैं आपसे उस दिन एजुकेशन की हुई चर्चा के विषय में अग्रिम विचार जानने आया था। मुझे भरोसा है आपने इस विषय को गम्भीरता से जरूर लिया होगा।

एक अजीब सी मनोस्थिति थी मेरी, इस दोगले चेहरे के पीछे का सच मुझे भ्रमित कर रहा था। "प्लीज मैं कई वर्षों से जो बदलाव की बात यहां करता आया हूँ, पहली बार किसी का समर्थन मिला है, बहुत सी असमानताएं समाज की जड़ों को खोखला कर रही है, आखिर इन जड़ों का सिंचन किसी को तो करना होगा तो फिर आप और हम क्यूं नहीं।" मैं सभी बातों से सहमत तो थी परन्तु इस व्यक्ति से मैं सहमत नहीं थी, ये कंटक जैसी चुबन देता था।

कुछ लोग जीवन मे ऐसे होते है जो भले ही सत्य ही कह रहे हो परन्तु अन्तर्मन को कचोट रखने का कार्य करते हैं। भला! मैं इससे क्या कहूँ, मैं समझ नहीं पा रही थी। "मैंने योजना तैयार कर ली है इसे ठाकुरसा से जगह आंवटन करवाना है फिर आस-पास के सभी ड्रॉप आउट बच्चों को एक स्कूल से ही नहीं जिले की सभी सरकारी स्कूलों से जोड़ा जा सकेगा और कुछ बच्चों को शाम की कक्षाओं से विशेष विषयों पर मैं खुद कक्षाएँ लेने की कोशिश करूंगी। विशेष इनमें महिलाएं जो किसी कारणवश असाक्षर रह गई हो।"

कुंवर लक्ष्य ने भौंहे बड़ी करते हुए कहा, "सिर्फ महिलाएं ही क्यूं... काबिल विधार्थी जो शहर जाकर अध्ययन में असक्षम है उन्हें यहीं पर हम हाई कॉम्पिटीशन की तैयारी हेतु प्रेरित कर सकते हैं। मैं आपका पूर्ण सहयोग करूंगा, आप शाम को हवेली पधारिए बाबूसा से बात भी उसी समय ही हो जायेगी।" मुझे कुंवर लक्ष्य की बातों पर विश्वास करने के अलावा अन्य विकल्प भी नजर नहीं आ रहा था तो मैंने हामी से सिर हिला दिया लेकिन दूध का जला छाछ भी फूंक फूंक कर पीता है, मैं पुनः किसी पर आँख बंद करके विश्वास नही कर सकती थी। मेरे मन में कुंवर लक्ष्य से उनके व्यंग्यों का स्पष्टीकरण मॉगने की जिज्ञासा थी कि वह स्त्री विरोधी है या नकारात्मक पूर्ण योजनागार। मैं कुंवर लक्ष्य के वास्तविक मन को भॉपने में असमर्थ थी। परन्तु मैंने समय उचित ना समझकर बात को वही खत्म कर दिया।

कुछ देर चुपचाप बैठकर कुंवर लक्ष्य मुझे व्यस्त पाकर स्वंय ही उठकर चले गये।

मुझे यह महसूस हुआ कि वह बौराया व्यक्ति और भी वाद-तर्क करना चाहता था परन्तु मैं आज हल्की जिम्मेदारी निवृत्त लग रही थी क्यूंकि आखिर कोई था जो इस दिशा में भी सोच रखता था और सक्रिय भागीदारी को तैयार था। गोपी काका कुंवरसा के जाने के बाद अंदर आये और पूछने लगे, "बाईसा! कुंवरसा और ठाकुरसा को कोई अन्दर आने से ना टोक सके है, बाँगड़गढ़ में इनकी बहुत इज्जत करै सब, आप आज ठीक ना कह्यो कुंवरसा नै।"

"मुझे गोपी काका जैसे पुरूषों से बहुत शिकायतें थी कि इज्जत-सम्मान की बड़ी-बड़ी बातें तो इस कदर करते थे मानो यही सब अनुशासन का जिम्मा उठाए हो और घर में अपनी पत्नी के सम्मान की परवाह इन्हें बिल्कुल ना समझ आती हो।

कैसी खोखली विचारधारा है यह कि औरत कोल्हू का बैल तो नहीं जो आपके सभी कार्यों को करें और फिर उलाहनें भी सुनें। समानता प्रत्येक स्तर, प्रत्येक व्यक्ति के लिए होनी चाहिए। ठाकुरसा को सम्मान उनकी शख्सियत, काबिलियत के दम पर मिलना चाहिए पर गाँव के किसान वर्ग को भी उसकी मेहनत का सम्मान मिलना चाहिए। उन्नति का पथ केवल गाँव से शहर की तरफ उन्मुख ना हो अपितु शहर की संसाधन धनाढ्य गाँवों को भी उपलब्ध होनी चाहिए।

मैंने गोपी की बात को टालते हुए किसी फाइल को लाने का आदेश देकर बाहर भेज दिया। सामने लटकी गाँधी जी की तस्वीर में, मै उनकी दृढ़ता सीखने की कोशिश कर रही थी। मैंने शाम की कक्षाओं की सम्पूर्ण योजना को "जमाल फाउण्डेशन" नाम देने का निर्णय ले लिया था क्यूंकि सोच बाबू जमाल की

थी जो अब सब तक प्रसारित हो रही थी। मैने ठाकुरसा को दिखाने के लिए सम्पूर्ण फाईल तैयार कर ली थी, मुझे आज फिर से पहली बार स्वंय के जिंदा होने का अहसास हो रहा था। मैने उत्साहित रूप से हवेली की ओर दफ्तर से निकल पडी।

मुझे बाँगड़गढ़ में सर्वाधिक चुनौतीपूर्ण तब लगता था, जब यहाँ की चौपाल के कोने से गुजरती, पान को मुंह में दबाये दस-पन्द्रह आवारा लड़के यहां डेरा जमाए रहते, किसी न किसी तरह का घटियास्पद मजाक वो करते जिसे सुनकर आगे निकलना मेरे लिए मुश्किल हो जाता।

ये सिर्फ यहां की चौपाल की बात ही तो नहीं थी, सम्पूर्ण देश के लगभग सभी कोनों में ऐसी चौपालें थी जहां से गुजरना हर स्त्री के लिए एक चुनौती होता है। ऐसा नहीं था कि मुझमें विरोध करने की शक्ति नहीं थी परन्तु कीचड़ में पत्थर डालकर मैं स्वयं को गंदा नहीं करना चाहती थी। हम अक्सर गलत घटनाओं की उपेक्षा करके स्वयं को बचा लेते हैं परन्तु पीछे किसी अनहोनी की आशंका को छोड़ देते है।

गलत विचारधारा गलत बात का उसी समय दमन होना चाहिए तो अग्रिम दुष्टता के परिणाम हमें झेलने ही ना पड़े। चौपालों पर, बसों में, सार्वजनिक स्थानों पर समाज की मलीन सोच के शिकार कुछ लोगों का शिकार स्त्री जाति को इसलिए होना पड़ता है क्यूँकि हम चुप्पी ताने रहते हैं, जब तक हम पर बात नहीं आती, हम गलत को गलत आंकने से भी संकुचाते हैं।

मैं दफ्तर से निकलकर हवेली के रास्ते चौपाल के नजदीक से गुजर ही रही थी कि सामने से मोरा आ रहा था। मैंने मोरा

को देखकर प्रश्नों के अम्बार लगा दिये, "क्यूँ रे! आज काम पर नहीं गये, या सेठजी ने छुट्टी दी है।" मोरा ने कहा, "नहीं बाईसा! ऐसे ही। आप जल्दी आए आज।" मोरा मेरे साथ-साथ चल दिया।

चौपाल से गुजरते ही कुछ दूरी आकर मोरा रूक गया, "बाईसा मैं दुकान पर चलता हूँ, सेठजी ने राह तकी होगी।" मैं मोरा की कुछ दूरी साथ आकर पुन: मुड़ जाने के उद्देश्य को भाँप नहीं पाई थी। मोरा सामने की चौपाल के नजदीक दुकान की ओर इशारा करते हुए कहने लगा, "बाईसा! यो सेठजी की दुकान है, मैं आपको रोज यहाँ गुजरते देखता हूँ और इन बदमाशों की बातें भी सुनता हूँ। मैं आपकी असहजता को जान सकता हूँ परन्तु इनसे कुछ कह पाने की मेरी औकात नहीं है। आज आपको आते देखा तो सोचा, थोड़ी देर आपके साथ चलूँगा तो ये कुछ बोल ना पावेंगे।"

इस अपरिपक्व नौजवान की बात सुनकर मैं आश्चर्य में थी, "भला! मोरा मेरी ढाल बनने की कोशिश कर रहा था मैं इतने दिन से यह समझ रही थी कि मैंने मोरा को मदद करके आसरा दिया था अपितु यह तो बिल्कुल विपरीत स्थिति थी। मोरा! मेरी सुरक्षा की, सम्मान की बेपरवाह जमाने से रक्षा करना चाहता था।"

संसार में सब कुछ पैसे से नहीं खरीदा जा सकता, कुछ रिश्ते इंसानियत से बनते हैं। किसी की किंचित धन देकर की गई मदद को हम आश्रय समझने लगते हैं अपितु सहयोग मन की परतों से किसी की अवांछित पड़ावों से सदैव रक्षा करना होता है।

किसी को सही राह दिखाना भी सहयोग ही है और गलत रास्ते से बचाना भी सहयोग ही है। किसी की भावनात्मकता को तवज्जो देना भी सहयोग है और अभाव में भाव भर देना भी सहयोग है। किसी भी अपूर्णता को पूर्ण बनाना भी सहयोग है और पूर्ण का सहयोग न करके उसे आत्मनिर्भर बनाना भी सहयोग है। मोरा दूर जाता हुआ दिख रहा था, भला! मेरी असहजता को बिना कहे ये बारह साल का बच्चा कैसे समझ गया था, मैंने बारह की उम्र में अपने नाम को भी ठीक समझना ना जाना होगा परन्तु मोरा अलग था।

अभाव व्यक्ति को जीवन की अनूठी सीख देते हैं। अभावों में रहकर व्यक्ति जीवन की सच्चाई समझ पाता है। "जमाल फाउण्डेशन" की शुरूआत इसी अभाव में सहयोग की भावना की तलाश थी। बाबू जमाल अक्सर कहा करता था-

मेरी कश्ती डूबी ना होती तो बादशाह होता,
सब कुछ मिलता तो बड़ा हादसा होता!!!!

मैं हवेली के कोने से गुजर रही थी कि आस-पास जमा भीड़ को देखकर मेरा हृदय उद्वेलित हो गया। किसी अनहोनी की सँभावना मुझे महसूस हो रही थी। मैंने झटाक से हवेली के अन्दर भागना शुरू कर दिया, मैं बेतरतीबों की तरह भागी जा रही थी, आस-पास जमा हुए लोग खुसफुसा रहे थे। मेरी धड़कने बढ़ती जा रही थी। आखिर! क्या बात थी! मुझे हवेली में कोई भी नजर नहीं आ रहा था। मैंने श्यामा! को आवाज देना शुरू कर दिया। श्यामा! मेरी आवाजे सुन नहीं पा रही थी या कहीं दुबकी बैठी थी। मैं अनभिज्ञ थी स्थिति से परन्तु दिल क्रुदंन कर रहा था।

इस बॉगडगढ़ के संस्कार मुझमें हिलोरे खा रहे थे, हवेली के दुख-सुख से मुझे अब फर्क पड़ने लगा था, जबकि मेरे शहर में कॉलोनी में पड़ोसियों को जानना भी जरूरी नहीं समझ जाता। जीवण मेरी आवाज सुनकर दौड़ा हुआ आया, "बाईसा! ठाकुरसा!!! कहकर जोर-जोर से रोने लगा। हृदय की धड़कनों के साथ मेरी सॉसे अब रूक-सी चुकी थी। "जीवण कहो!!!! ठाकुरसा क्या...... समय की घड़ी रूक गई थी।

"ठाकुरसा की हालत ख़राब है, बडे अस्पताल लेकर गऐ है!!!!! म्हारे हुकुम की रक्षा करे कान्हाजी।" जीवण जमीन पर बैठकर सुबकने लगा। मेरी स्थिति मुश्किल भरी थी........ आँखों की कोरें सज गई थी। ये हवेली की आधारशिला पर हुआ समय का आघात मुझे दुःखी कर रहा था।

मैने जीवण से अस्पताल की जानकारी ली और दो वर्षों से एक ही जगह पर खड़ी मेरी मोटरबाईक लेकर चल पड़ी। मुझे बॉगड़गढ़ में रहकर कभी साधन की आवश्यकता ही नहीं लगी। रास्ते भर में ठाकुरसा बिना हवेली को सोचकर भी चिन्तित थी। आज मैं समझ रही थी कि अजनबियों से प्रेम क्या होता है...... बड़ो का सम्मान क्या होता है... खुद के अतिरिक्त दूसरों के खुशी-दर्द में शामिल होना क्या होता है।

प्रेम दो आशिकों के दिल की धड़कनों तक सीमित हो जाने वाला अहसास नहीं है, प्रेम समर्पण का ही दूसरा नाम है, किसी की विशुद्ध आत्मा को अपना मन समर्पित करना, अपने चारों ओर किसी की उपस्थिति की आदत हो जाना, किसी के लिए मन में उत्पन्न होने वाला अटूट सम्मान ही प्रेम होता है। ये हवेली के लोगों का मेरे प्रति रखा गया प्रेम ही था, जो मुझे

उनकी तरफ खींच रहा था। ठाकुरसा की परवाह ही नहीं अपितु उनका आदर्शवादी किरदार को खोने का डर था मुझे।

मैंने अस्पताल पहुँचकर ठाकुरसा के बारे में पूछताछ की और जैसे ही कक्ष में पहुँची...... सारा हवेली उन्हें घेरकर खड़ा था, बाहर इंतजार करने वालों में बॉगडगढ़ का हर एक जिम्मेदार व्यक्ति था। मैं पहली बार किसी के चरित्र की अविश्वसनीय इज्जत को अपनी आँखों से देख रही थी।

राजस्थान वहीं भूमि है जहाँ यह कहावत कही जाती है, "मायड़ जणे तो ऐडा जणिये जेड़ा राणाप्रताप, नहीं तो रीजै बॉझड़ी।" श्यामा ठाकुरसा के कदमों में नीचे बैठी हुई सुबक रही थी। ठकुरानीसा कोने मे चुप बैठी हुई थी, ये किरदार जीवन में हार मानने वाला नहीं था। ठाकुरसा की स्थिति बेहतर थी परन्तु अभी जो सदमा हवेली को लगते-लगते बचा था, उसके बाहर निकल पाना भी मुश्किल था। मेरे हाथ में वहीं "जमाल फाउण्डेशन" की फाइल थी, ठाकुरसा के हस्ताक्षर लेने को तड़प रही थी। मैं बाहर आकर बैठ गई।

अपनों के प्रति मैं कैसा स्वार्थी रिश्ता रखती थी, अपने भविष्य और सपनों की दौड़ मुझे उनसे कितना दूर किए हुए थी, मुझे ठाकुरसा की बीमारी का दुख था या इससे अधिक अपनों को दी गई वेदना की ग्लानि मुझे हर अवसर कचोटती रहती थी। मैं बाहर सबकी बातें सुनी तो चौंकाने वाली घटना लगी, "ठाकुरसा के बड़े बेटे कल्याणसिंह ने हवेली और सम्पत्ति में हिस्से का कानूनी नोटिस भेजा था, जिसकी शुरूआत आज से नहीं हुई थी, कई महीनों से हवेली के सदस्यों के बीच मन-मुटाव चल रहे थे। आज कानूनी नोटिस पर बँटवारे की बात

देखकर ठाकुरसा की सदमे में हालत ख़राब हुई थी। किस तरह का बँटवारा चाहते हो कुँवर कल्याणसिंह, पूरा बाँगड़गढ़ तो आज ठाकुरसा की हिफाजत में दुआएं कर रहा था।

अगर जमीन का टुकड़ा विरासत होती है तो इस अस्पताल में हुई आज की यकायक भीड़ किसी टुकड़े के लोभ में बैठी मुझे नजर नहीं आ रही थी। माता-पिता से अपना हक माॅगने बाले बुद्धिजन अपनी पैदाइश का कर्ज ब्याज सहित चुका देते है तो रिश्तों में व्यापारिक बुद्धि का इस्तेमाल करने लगते हैं। कुँवर लक्ष्य दवाईयाॅ लेकर कमरे की तरफ चले आ रहे थे कि श्यामा की जोर से चिल्लाने की आवाज पूरे अस्पताल में गूँज उठी, "नहीं ठाकुरसा...... हुकुम म्हानै अनाथ ना करिज्यो...!!!!! कुँवर लक्ष्य भागे हुए कक्ष में प्रवेश कर रहे थे।

अंदर घुसते ही दवाईयों की शीशियाॅ फर्श पर गिर चुकी थी। बाँगड़गढ़ की हवेली की विरासत का आधार आज गिर चुका था, एक व्यक्तित्व जो सर्वगुणसम्पन्न, हरफनमौला था, आज अपनों की वेदना के आड़े अपनी साॅसे रोक चुका था। पूर्वजों की ऑहें, वीरता सब धन्य थे ठाकुर प्रताप सिंह के आगमन पर परन्तु आज वैभव, संस्कारों के छलनी हुए जनरैशन गैप के सामने घुटने टेक चुका था।" ठाकुरसा की मृत्यु हो चकी थी।" जब कल शाम हवेली के बाहर की सड़क पर घुमते ठाकुरसा से जीवन्त आखिरी मुलाकात हुई थी तो ठाकुरसा ने कहा था, "बाईसा!!!! म्हाणै घणी खुशी है कि आप हवेली ने आपरौ परिवार समझो, आपरी बात जो शिक्षा के बदलाव की है, सुनकर म्हारै गर्व को विषय है कि आप कुँवर लक्ष्य जैसी सोच रखो हो अन्यथा आँख्या रे आगे स्वार्थ रो पर्दा हठे नहीं बाईसा आजकल,

म्हारी मान मर्यादा री लाज राखीजो, तभी इजाजत देवे म्हानै खुशी हुवली।"

मेरे हाथ में पड़ी फाइल मानों मुझे व्यंग्य कस रही हो, "ठाकुरसा के हस्ताक्षर अमूल्य है, तुम योग्य नहीं हो इसके।" मैंने ठकुरानीसा को गले लगा लिया, आज मेरा आदर्शवादी किरदार बिखरा हुआ था।

धैर्य की अडिग ठकुरानीसा अपनी औलाद में संस्कारों का समावेश कर नहीं पायी थी या बदलाव की गति तीव्रता से सब धुला गयी थी। मैं काँप रही थी, सम्पूर्ण शरीर में कम्पन्न हो रहा था, ठकुरानीसा बेसुध मेरे कंधे पर पड़ी थी। मैं हमेशा चाहती थी कि ठकुरानीसा जैसी मजबूत मातृत्व की आँचल के ईद-गिर्द मैं अपना अस्तित्व बन सकूं परन्तु इस तरह तो बिल्कुल भी नहीं। औरतों के झुण्ड में ठाकुरसा के मृत शरीर के साथ ठकुरानी सा को हवेली ले जाया गया। मैं अपनी मोटर बाईक उठाकर बाँगड़गढ़ की ओर चल पड़ी।

आज सब सूना था यहां, न कोई चहचहक थी और ना ही बाजार का शोरगुल। सम्पूर्ण बाँगड़गढ़ ठाकुरसा के मौत के शोक में था। गाँव की चौपाल के बरगद की टहनियाँ भी मानो अपने बूढ़े वृक्ष के गिर जाने के दुःख से शान्त पड़ी थी। कुँवारी कन्या की छाया मृत शरीर पर ना पड़े, ये बाँगड़गढ़ में मान्यता थी, श्यामा ने मुझे इत्तला कर घर जाने को कह दिया। मैं क्वार्टर लौट आई परन्तु झरोंखे के उस पार आदर्श जीवन की मिसाल बनकर साँझ हवेली मेरे सामने खड़ी थी। मैं इसकी ढाल नहीं बन सकती थी।

काश! दो सौ वर्ष पुरानी हवेली की नीवें अपने आधुनिक ढलते बुर्ज को भी सही सिंचन दे पाती। हाथी की सवारी के साथ ठाकुरसा का पार्थिव शरीर मेरे सामने से गुजर रहा था, शाम का वक्त हो आया था, ठाकुरसा के चारों बेटे कँधों पर पिता का भार लिए थे। मृत्यु का समाचार सुनकर तुरन्त पहुंचने वाले कुंवरसा शायद इसी अवसर के इंतजार में रहे होंगे। ऐसे पुत्र को समाज बहिष्कृत क्यूं नहीं करता, माता-पिता को तवज्जो न देने वाले को किसी प्रकार के रिवाज-रस्मों में शामिल होने का हक नहीं होता परन्तु हम चुप्पी साधे रहते है। हर विषय पर प्रत्येक समस्या की जड़ हम समाज को ओढ़ा देते है परन्तु स्वंय विपरीत गतिरोध से दूर भागते रहते हैं। जीवन बहुत ही उम्दा अनुभव देता है कभी-कभी, शहर के छोटे से कोने में बचपन से जवानी तक के सफर में आज जैसा दुःखी और अशान्त दिन मुझे कोई नहीं लगा था। जब पड़ोस में अलमा चाची नहीं रही तो मां ने हमें घरो के अन्दर छुपा दिया था, कई दिन हम बाहर नहीं निकले थे।

क्या मौत का डर इतना बुरा था, मॉ मुझे इस सच्चाई से कभी वाकिफ नही करवाना चाहती थी, कभी किसी की मृत्यु का समाचार तो मुझे कभी नहीं बताती थी।

अगले दिन श्यामा सुबह जल्दी ही दरवाजें पर खड़ी थी, मैंने अन्दर आने को कहा तो दरवाजे से टेक लगाए एकटक अन्दर झॉकती रही। "श्यामा! हवेली में सब ठीक है ना।" मैंने चिन्तित भाव से पूछा तो श्यामा ऑगन में बैठकर सुबक पड़ी।

"बाईसा!! हुकुम रै बिना हवेली खण्डहर समझी मानो मैंने श्यामा को पास बिठाया और उसे शान्त करने का असफल

प्रयास करने लगी। "मैं हवेली आकर ठकुरानीसा से मिल सकती हूँ श्यामा!" मैने प्रश्नभाव से पूछा।

"बाईसा, आपनै जरूर आनो चाहिए, ठकुरानीसा अकेली है, जीवन बहुत बड़ी परीक्षा ली है हुकुम री।" श्यामा आँसू पोछते हुए कहने लगी। मैं श्यामा के साथ साथ ही आज हवेली चली आई।

मानो हवेली की हवा में भी सब कुछ शून्य था, कुंवर और कल्याण सिंह अपने अनुज दोनों भाईयों के साथ आने वाले लोगों के बीच बैठे थे और कुंवर लक्ष्य एक कोने में क्षितिज को झाँक रहे थे मानो। मैंने अन्दर जाकर घूंघट में सभी के बीच बैठना सही समझा। ठकुरानी सा सफेद हल्के कपड़ों में सबके बीच बैठी थी।

सब साज श्रृंगार, माथे का बौरला, झमझमाती पायल कुछ भी नहीं था उसके बदन पर। उनको इस हालत में देखकर मुझे बहुत तेज रोना आ गया। विचित्र है समय भी, मिजाज और अक्कड़ में दूर बैठी तीनों कँवरानीसा आपस में गुपचुप कर रही थी। मैं कहना चाहती थी कि ठकुरानीसा आप इस तरह बिल्कुल नहीं सुहा रही मुझे, मेरा हृदय आपके सम्मान की धूली को भी सहर्ष स्वीकार करता है, ईश्वर की खातिर अपना हौसला ना टूटने दें। मानो मैं आँखों से ही नीचे गर्दन झुकाये बैठी ठकुरानी सा से बातें कर रही थी।

कल तक हवेली में जो रौनक थी, रौब था, सब आज गुम हो गया था। रिश्तों के बीच उठी स्वार्थ की एक लकीर और आधुनिक विचारपंथी ने एक पल में मानो सब बिखेर कर रख

दिया था। सबके दिल टूटे हुए थे, आवाजें विरूद्ध थी परन्तु कोई अपनी गलती मानने को नहीं आ रहा था। भला!!! बुद्धिजीविता का प्रतीक इस अनूठी धरोहर का मालिक ठाकुर प्रताप सिंह अपने शरीर से हारा था या मलीन संस्कारों की आग ने एक जलते सूरज को ठण्डा कर दिया था।

मैंने अन्दर कक्ष में जाकर भाभासा से मिलना चाहा, उनकी बुजुर्गियत पर हावी था ठाकुरसा जैसे बेटे का अलगाव मुझसे मुस्कराकर अभिवादन करके कहने लगी, "बाईसा" जीवन के सातों रंग है, मृत्यु निश्चित है...... मानो अपनी बुढ़ी ऑंखों के पीछे अपने ही दु:ख को सहर्ष गटक रही थी भाभासा!!!

हम अक्सर कई मौकों पर धैर्य त्यागकर जीवन में भटकाव उत्पन्न कर लेते हैं परन्तु स्थायित्व मजबूत पकड़ देता है जीवन के प्रति। हमें दु:ख सुख की स्थिति में अपने किरदार को स्थायी बने रखना होता है।

आज पगड़ी की रस्म थी, ठाकुरसा की जगह बड़े बेटे कुँवर कल्याण सिंह को विरासत का सर्वस्व कर्तव्य सौंपा जाना था परन्तु अधिकार उसी के संरक्षित होते है जो अपने कर्तव्यों का भली-भांति निर्वहन करता है। सेना में अच्छे पद पर सुशोभित थे कुंवरसा परन्तु जीवन मूल्य गर्त में ही गोता लगाते थे। एक अच्छी नौकरी पाना ही जीवन उदेश्य होता तो समाज की कुरूपता का जिम्मेदार किसे कहा जाता।

संपूर्ण बाँगड़गढ़ ठाकुरसा का स्थान किसी ओर को देने में राजी नहीं था परन्तु पुरातन धारा के अन्तर्गत सभी की उपस्थिति में कुँवर कल्याण सिंह को पगड़ी पहनाकर बाँगड़गढ़

का ठाकुर हुकुम घोषित किया था। लोकतंत्र के समक्ष इस विरासत का कोई मूल्य अधिक ना रहा हो, पूर्वजों की धरोहर को सम्भालना अपने आप में सौभाग्यशाली विषय होता है।

एक बार क्षितिज में ठाकुरसा कल्याण सिंह की जयघोष गूंज उठी थी। मैं कार्यक्रम की आँखोंदेखी साक्षी बनी परन्तु मुझे अफसोस था कि मैं जिस परिवर्तन का स्वप्न देखना चाहती थी, जो शिक्षा मैं सबको बॉटना चाहती थी, अगर उसका परिणाम अपनों के प्रति किया गया बुद्धिमतापूर्ण क्रूर आचरण होता है तो मैं भी ऐसे ही निर्दयी शिक्षित अनपढ़ों की श्रेणी में आ खड़ी हो जाती थी, क्यूंकि पिताजी की हर वेदना कविषय हमेशा मैं रही थी जैसे कि आज ठाकुर कल्याण सिंह के सिर पर रखा साफा मुझे व्यंग्य करके कौल खिला रहा हो कि शिक्षा आन्तरिकता के बदलाव की देना बाईसा ये प्रायोगिकता जीवन के लिए उचित नहीं है। ठाकुरसा के गुजर जाने के बाद मैंने कुंवर लक्ष्य की जुबान से एक शब्द भी नही सुना था, सभी रस्मों को पूर्ण करने में अपना दायित्व भली भांति निभा रहे थे कुंवर लक्ष्य। ठकुरानी-सा भाभासा की देखरेख में कोई कसर नही आने देती जैसे अपने दुख को पीकर सबको सहज दिखने का प्रयास कर रही हो मानो। श्यामा दिन भर इधर से उधर भागती रहती कुंवरानी सा अपने मुताबिक हवेली के नौकरों को दस नाच नचाती ठकुरानीसा ने प्रत्येक मुद्दे पर चुप्पी साध रखी थी।

आज ठाकुरसा की मृत्यु को बारह दिन बीत चुके थे। कुंवरानी सा लिहाजों शर्म को पूरा कर चुकी थी। जाने के लिए सामान बॅध चुका था। ब्राह्मण भोज के बाद ठाकुर कल्याण सिंह ने ठकुरानी-सा से नजरे चुराते हुए कहा, 'मॉसा हवेली की सारी

विरासत का हिस्सा कर दीजिए, सबको आसानी होगी'। मेरा दुर्भाग्य था कि मैं वही ठकुरानीसा के पास बैठी हुई थी

ठकुरानीसा की पलकों से गिरी बूंद मेरी जीन्स पर आकर गिर गई थी। ठकुरानीसा ने कुंवरसा को चिल्लाते हुए कहा, "कुंवर कुछ शर्म तो करते, कुछ दिन का सब्र नहीं है तो मॉसा की भी मृत्यु का पैगाम लिख दीजिए।" कुंवरसा उठ खड़े हुए और आगे बढ़ गए। अपनी औपचारिकता निभाकर बड़े तीनो कुंवरसा अपने-अपने शहरों लौट चुके थे। मैं भी अपने क्वार्टर आ गई थी परन्तु अब मुझे यहां अकेले रहना बिल्कुल नहीं जमता था, मानों हवेली के अपनेपन की लत लगी थी मुझे।

मैं सुबह और शाम दोनो प्रथम प्रहर हवेली आने जाने लगी थी। मोरा के साथ-साथ श्यामा भी अब रोज शाम मन लगाकर पढ़ने का प्रयास करती, परन्तु कुंवर लक्ष्य के चेहरे पर एक लम्बी उदासी छायी हुई थी। ठकुरानी सा मुझसे बहुत दफा चर्चा कर चुकी थी कि कुंवरसा की हालत दिन-ब-दिन बिगड़ती जा रही थी, किसी से एक शब्द कहना मानों उन्हें अच्छा न लगता हो।

एक दिन मैं रास्ते से जा रही थी हवेली की तरफ कि सामने से प्रतापसी काकीसा मिल गई।

"बाईसा कुंवरसा ने रिश्ता के लिए रोहितसा ने मना कर दियौ, रश्मि बाईसा रै सागै सारा नाता खत्म किया हवेली सूं"। मैं विस्मय भाव में थी। भला! कुंवरसा को ये क्या सूझ पड़ी थी। रश्मि समझदार थी, शिक्षित थी।

मैं ठकुरानीसा से नाराज थी, आखिर सब बताती है मुझे, ये बात बताना उन्होंने उचित क्यूं नहीं समझा और श्यामा ने तो मानो अब हवेली के किस्से बाँटना ही बंद कर दिया था।

मैने हवेली में घुसते ही जीवण को आवाज लगा दी, "जीवण-सा घुड़सवारी पर चलेंगे!!" जीवण जो घोड़ों को सहला रहा था मेरी तरफ दौड़ा हुआ आया...... "क्यूं नहीं बाईसा, जरूर चलेंगे। ठाकुरसा के बिना अब म्हारो काम भी काई रहगौ है।" जीवण दुखी भाव से घोड़ों की ओर इशारा करने लगा। सच ही था ठाकुरसा की छाप हवेली में ही नहीं सम्पूर्ण बाँगड़गढ़ के दिल पर अमिट थी, जिसे समय का परिवर्तित पदभारी बदल नहीं सकता था।

मुझे घोड़े पर बैठा देख कुंवर लक्ष्य भी घुड़शाला की ओर चले आये। एक घोड़े पर खुद बैठ गये और घोड़ों ने अपनी गति से दौड़ना शुरू कर दिया था। मुझे डर लगा रहा था परन्तु एक अरसे बाद इस व्यक्ति के चेहरे पर मुस्कान देखकर मानों मैं फूले नहीं समा रही थी, कुंवर लक्ष्य वही था जिससे मैं अपने अपमान का बदला लेना चाहती थी। वह व्यक्ति जो मुझे कांटे की तरह चुभता था परन्तु आज मानो मेरा हृदय परिवर्तित यकायक हो आया था ऐसा नहीं था, मैं कुंवर लक्ष्य के बारे में अपने रखे गये विचारों को गलत मानने लगी थी।

जब तक हम किसी व्यक्ति के चरित्र के सभी पहलू नहीं जान लेते हैं, तब तक हमें उनके विषय में अपने पक्ष नहीं बनाने चाहिए। हम बाँगड़गढ़ से दूर घोड़ो को दौड़ाते ले आये थे, गर्मी के बाद की वर्षापूर्व ठण्डी हवाएं चल रही थी, खुली जमीं खुला आसमाँ सब; बाहें फैलाए स्वागत कर रहे थे।

घोड़ों को जीवण चराने दूर ले गया था। मैने आज कुंवर लक्ष्य को जानने का निर्णय कर लिया था परन्तु किस तरह, ये तो नामुमकिन सा महसूस हो रहा था। "कुंवरसा आपने रश्मि के आए रिश्ते को मना क्यूं कर दिया।" मैने हल्के से अपनी बात को रख दिया।

"बाईसा। हम शादी करके मॉसा को अकेला नहीं करना चाहते, हवेली के जड़ों को सींचने बाबूसा का सम्पूर्ण जीवन चला गया, हम एक झटके में इस विरासत को टूटता नहीं देख सकते।" कुंवर लक्ष्य ने जमीं पर पड़ी रेत को पैरों के बीच लपेटते हुए कहा।

गहराई थी कुंवरसा की आँखों में आज, जहां मुझे वो बदतमीज बदमिजाज कुंवर लक्ष्य प्रताप की परछाई भी नहीं दिख रही थी। "आप क्या ये सोचते हैं कि रश्मि आपकी भाभीसा की तरह है।" कुंवरसा की आँखें मेरे इस कथन से लाल हो आई।

'बाईसा म्है किसी स्त्री पर विश्वास नही कर सकते, इनके विचार माटी के मोल जैसे है, लग जाए लाखों, नहीं कुछ भी नहीं।" कुंवर सा कहकर डूबते सूरज को निहारने लगे।

"तो आप सभी स्त्रीयों के प्रति समान विचार रखते है।" मैने कुंवरसा से मस्करी के अंदाज में पूछा। "नहीं बाईसा, परन्तु मेरे हृदय में इस हेतु कोई सम्मान उबरता ही नहीं, हृदय कट्टर हो आया है। कुंवरसा ने गहरी सॉस लेते हुए कहा

मैं सही ऑकलन तक पहुंच गई कि रिश्तों में आई दरारों का कारण हवेली की कुछ स्त्रियां जैसे कुंवरानीसा को मानकर कुंवर लक्ष्य स्त्री जाति के सम्मान को कोसों परे रखते थे।

"जमाल फाउण्डेशन" नाम रखा है मैंने। कुंवरसा के हृदय की गति को भाँपते मैंने विषय परिवर्तित करते हुए कहा "जमाल फाउण्डेशन" ये क्या है बाईसा... कुछ देर बाद कुंवरसा स्वयं बोल उठे "आप भी बाबू जमाल की अनुसरिणी है क्या बाईसा।" ये शब्द सुनते ही मेरे कान उठ खडे हुए थे

"आप बाबू जमाल को कैसे जानते है।" मैंने कुंवरसा से आश्चर्य से पूछा। "भई! उनको पूरी दुनिया जानती है बाईसा, आपके विभाग में परीक्षा सामान्य ज्ञान से नही होती है क्या!" कुंवरसा ने मेरा मजाक उडाते हुए कहा। मैं भीतर ही भीतर यही अंदाजे लगा रही थी कि कुंवरसा बाबू जमाल को कैसे जानते हैं। मैंने पुनः जानने की कोशिश की। "आप सत्य कहिए कुंवरसा, बाबू जमाल मेरे साथी रहे है यूनिवर्सिटी के जमाने में।" कुंवर लक्ष्य ने आश्चर्य से कहा "क्या ऐसा भी सम्भव है, बाईसा, यह मुझे सत्य नहीं ज्ञापित होता है।"

"आखिर बार युवा सम्मेलन में मुलाकात हुई थी, देश का चर्चित युवा नाम है 'बाबू जमाल' आप कौनसी सदी में रहती है बाईसा।" मैं स्तब्ध थी हमारे राहों के क्रॉस से............।

जीवन मुझे किस ओर ले जा रहा था और वर्तमान एवं अतीत एक ही राह पर आकर खडे हो गए थे। थोड़ी देर बाद कुँवरसा ने थपथपाते हुए कहा, "कहाँ सो गई बाईसा॥।; बाबू जमाल के ख्यालों में.......... बाबू साहेब से गहरा नाता लगता है आपका!!"

मैंने हाँ...... ना करते कुंवरसा की किसी बात का कोई जवाब नहीं दिया।

जीवण घोडों को मुड़ा हुआ ला रहा था........... सूरज क्षितिज में डूबता जा रहा था......... शाम की तब्दीली अब गहरी रात में होने जा रही थी। कुंवर लक्ष्य मेरे हाव-भाव को समझने का प्रयास कर रहे थे और मैं इस बाँगड़गढ़ की सुकुनी ठण्डी हवाओं में एक नये आगाज में पुराना धब्बा हटाने का प्रयास बेमतलब कर रही थी।

पंचम अध्याय

आज गहरी बारिश हो रही थी। मैं दफ्तर को निकलने आलमारी में पड़ी बेतरतीब चीजों के बीच पिताजी का दिया हुआ स्पेशल छाता ढूँढ रही थी कि मोरा अन्दर भागा हुआ आया और एक रफ्तार से मेरे कदमों में आकर बैठ गया, "बाईसा आज म्हारी मुकाबले की परीक्षा है, आपरो आशीर्वाद रै बिना म्हारी प्रगति आसान नी बाईसा!!"

मैं मोरा को देखते भावविभोर हो गयी। मोरा को निर्देश देकर अच्छा इम्तिहान लिखने को मैं उसे अलविदा कहकर वापस अन्दर चली आई। बाहर बारिश तेज होती जा रही थी, मेरे मन में पहले यह ख्याल ही नहीं आया कि मोरा उचित स्थान पहुंचेगा कैसे!! उसने एक बार भी मुझसे इस समस्या का जिक्र नहीं किया।

भला! जिसको जिन्दगी कुछ ना देकर, थोड़ा नवाजती है, वह थोड़ी समस्याओं की फ्रिक नहीं करता। मोरा के उत्साह ने मुझे सीख दी थी, मैं भी बिना छाता लिए बरसते बादलों के बीच दफ्तर के लिए निकल पड़ी। बाँगड़गढ़ की नदी अपने ऊफान को ले रही थी... पानी के बहने की सुदूर आवाजें मन को प्रसन्नता मिश्रित भय दे रही थी। कुंवर लक्ष्य से आजकल सामना नहीं हो पाया था क्योंकि आखिरी बार घुड़सवारी के बहाने हुई बाबू जमाल की चर्चा के पश्चात् मैंने हवेली जाना बंद कर रखा था। श्यामा आती तो कई दफा मेरा मन उचक उचककर कर हवेली

के हाल पूछने को दौड़ता पर परन्तु श्यामा से सीधा यह कह दूं कि मैं उत्सुक थी किस्से जानने में, तो यह मुझे उसके समक्ष तोहिन कराने जैसा लगता।

मुझे बाँगड़गढ़ की दो ही विशेषताएं सर्वाधिक भाती थी, एक यहां प्रकृति अपनी गोद में बैठाकर हर किसी को हिलोरे खाने को विवश करती और दूसरा यहां जुबां का मीठा रस मेरे दिल के सारे कड़वेपन को मिठास चखाता। सब एक दूसरे से परिचित थे यहां, सबके दिलों के राज खुले थे।

मैं दफ्तर पहुंची तब तक भीग चुकी थी कि सारा कार्यालय स्टाफ मेरे इस मूर्खतापूर्ण आचरण पर मन ही मन खुश हो रहा था। रामजी ने चुटकी बजाते हुए कहा, "गोपी बाईसा को चाय दे, भला! बारिश में कार्यालय अवकाश घोषित करना चाहिए।" रामजी के व्यंग्य मजाक को मैं भली भांति समझती थी परन्तु मुझ पर तो मोरा का बचपना हावी हो रहा था जो मुझे भी कई दफा चुनौती देता।

मेरे अन्दर का बच्चा खोता,
तो मैं जवानी में भर नींद सोता!!!
ये लकीरें आह की मुझे रोज उठाती है,
उथली-सी थी दिल की जमीं मैंने कल ही,
बेमौसम की बारिश है साहेब!!!
पक्की मिट्टी को जमाती है!!!

बाबू जमाल की ये कविता मेरे दिलो-दिमाग पर उस वक्त छा जाती जब धरती पर गिरी बूंदें दिल के दरवाजों को हिलाती और मेरी रूह कम्पकपा जाती। शायद बाबू जमाल के प्रति मेरी

संवेदनाओं को मैं विषय -प्रतिबन्धित करने में कभी सफल ही नहीं रही थी।

बाज दफा हम कई रिश्तों को बेबुनियादी करारना सही समझते हैं जिनके लिए सिर्फ अन्तर्मन की भाषा ही उपयुक्त होती है। मैंने गोपी काका को अन्दर बुलाया, मेरा उदेश्य तो था कि सीधा ही कुंवरसा के बारे में हक से पूछूँ परन्तु मैंने गोपी काका से दीवार की ओर लगी बाँगड़गढ़ के मानचित्र की ओर इशारा करते हुए कहा - "ये हवेली का परिदृश्य कहां पड़ता है गोपी काका इस चित्र पर।"

"अक्सर जब हम किसी विषय पर सीधा बात करने में असहज होते है तो शब्दों के चक्रव्यूह की रचना बेफिजूल करने लगते हैं। "ठाकुरसा होते तो बाईसा मध्य में स्थित थी म्हारी "सॉझ" हवेली, परन्तु अब आसार म्हानै कुछ ठीक ना लागै बाईसा।" गोपी काका ने एक बार चित्र के मध्य आँखें गड़ाते हुए कहा।

मैं अपने संवाद को सही दिशा में जाता हुआ जान रही थी क्यूंकि मैं हवेली के गतिविधियों को अप्रत्यक्ष जानने की कोशिश कर रही थी। "क्यूं भला!! हवेली शाश्वत विरासत है, हुकुम के आन री प्रतीक है।" मैंने जानकारी जुटाने के प्रयास में आँखें फिराते हुए कहा। "बाईसा बड़े कुंवरसा हवेली ने म्यूजियम बनाकर बाहर के लोगॉ री खातिर खोलकर व्यापार करनो चाहवै। जो छोटे कुंवरसा ने मंजूर नहीं बाईसा!" ये शांती आने वाले तूफान की थी मानो!! मै सोचने को विवश थी भला हमारी पुरातन पीढ़ी और नूतन जनरैशन में दिन-रात

का परिवर्तन आ गया है, हम अपनी जीवन की एक घड़ी को खुला-आम बनाकर प्रचारित करने को उतारू रहते हैं।

कुंवर कल्याण सिंह स्वार्थ वशीभूत अपने पूर्वजों की विरासत की महत्ता समझ नहीं पा रहे थे। ठाकुरसा की मृत्यु को अभी समय ही कितना गुजरा था, भला पिता की मृत्यु का कारण अप्रत्यक्ष होने का बोझ उन्हें कचोटता नहीं था। गोपी काका मेरे हाव-भाव पढ़ने की असफल कोशिश कर रहे थे। यूं तो ठाकुरसा से मेरा कोई नजदीकी रिश्ता नहीं था परन्तु इस सूने बाँगड़गढ़ की रूखी हवाएँ मुझे हर पल यह अहसास दिलाती थी कि अब ये जमीं बंजर सी है, इसकी शाखाएं अब दृढ़ जड़ों के बिना सूखी हो गई है। मैं जानने को आतुर थी कि कुंवर लक्ष्य अपने जीवन में किस आदर्श राह को अपनाते हैं क्योंकि आवश्यक नहीं एक वृक्ष की सभी शाखाएं एक साथ खत्म हो जाएं, कुछ शाखाओं के पुन- हरित होने की उम्मीद से सूखा खड़ा ठूँठ भी कई वर्षों तक पुनर्जीवित होने की उम्मीद ना खोता है।

वर्षों तक शाखाओं को आधारित किये हुए रखने वाले वृक्ष को जब आवश्कयता होती है, इसके जंजर शरीर को धारित किए रखने वाले मजबूत आधार की, तो अक्सर उसका गिरना तय होता है।

मेरे मुँह से यकायक ही निकल आया, "ठकुरानी-सा कैसी है गोपी काका।" मानो उनकी फिक्र थी मुझे।

कुछ लोगों के हमारे आस-पास होने भर का अहसास हमें खुशी देता है, ठकुरानी सा की छाँव में जैसे जादुई सरोकार था,

"हुकुम! दृढ है बाईसा, उनकी बात सबसे न्यारी है।" मैं गोपी काका की बात से सहमत थी। ठकुरानीसा के किरदार को जीवन की समस्याएँ आच्छादित कर सकती थी परन्तु अपने सम्मुख वह सरलता से हर दुःख को सुलझाने में सफल रहती, उस सुलझे हुए व्यक्तित्व का परिणाम ही था कि हवेली की विरासत अपने इतिहास के साथ अपनी नींव के चले जाने पर भी बुर्ज को सम्भाले खड़ी थी।

एक दिन गली के छोर पर बाबू जमाल जब मिलने आया था तो पिताजी की तीखी आँखों से बचने का प्रयास मैं तब भी कर रही थी जब उम्र कच्ची थी परन्तु अनुभव पक रहे थे।

हमारी वैचारिक भिन्नता हमें विवाद करवाती, पिताजी हर वाद में जीत जाते थे क्योंकि वो कहते कि "भौंटा हथियार युद्ध नही करवाता बेटा! अपने जीवन की धार को पैना बनाओ बशर्ते तुम्हारी नजर तेज होनी चाहिए।

मैं कभी नजरिये और दृष्टिकोण में अन्तर ही नहीं कर पाती थी। आँखों में बुरे अनुभवों का धुध॑लापन हो तो नजरिया खराब भी तो हो सकता है परन्तु दृष्टिकोण तो हमारी आत्मा का वैचारिक मत होता है, इसका हमसे परे होना सार्थक भी नहीं है। बाबू जमाल का मेरे आस-पास होना जीवन की अमिट शक्ति सा लगता था, वो कहता -

'सितारों की राह मुकम्मल नहीं मुझे
चांद पर अशियाना खटकता है,
जमीं पर जब हम है,
तो कौन जाने कब ढूँढे भटकता है॥'

उसका खुदपसंद होना, मुझे कभी-कभी अखरता था, उसके मन में मोह नहीं था परन्तु प्रेम की बरसातें वह रोज लुटाता। बाबू जमाल मेरे रवैये से ताज्जुब करता था कि मैं दुनिया की तस्दीक को स्वंयाधिक महत्व क्यूं दे जाती हूँ। उसके मोहल्ले में आने की भनक भी मुझे परेशान कर देती थी कि पिताजी क्या सोचेंगे।

हम वर्तमान में रहते कभी कभी अतीत और भविष्य का बोझ लेकर गुजरते समय की ठहराव को निहारते रहते है, दिन वहीं रूक जाते है और रात गुजरने का नाम ही नहीं लेती। सरपट दौड़ता शहर ना खबर रखता था कि दिलों की मायूसियाॅं किस मंजिल को जाकर ठहर जाएंगी। मेट्रो स्टेशन पर हम धक्कों से चढ़ते तो मुझे लगता कि दो सैकण्ड का फासला मुझे गिराकर दबोच देगा, इन चेहरों की भीड़ एकदम अनजान थी।

बाहर अब भी बारिश हो रही थी, मन के विचारों के विपरीत बाँगड़गढ़ शांत था। यहां ना किसी को जल्दी थी और ना ही गिरने का खौफ। आज दफ्तर के बाद आसमान में सात पट्टियों का रंग उभरे देखते मैं पुराने मन्दिर की तरफ मुड़ पड़ी थी।

ऐतिहासिक पुरातन मंदिर के सामने लगी कतारों में बूढी सफेद साडी में लिपटी सैकडों महिलाएं आशा से एकटकी लगाए रोज मानों वही बैठी रहती हो उनका ठिकाना वहीं था। पिछली बार मैंने जब एक महिला से बात की तो आश्चर्यचकित थी, ये जानकर कि प्रभु भक्ति में विलीन होकर वह अपने जीवन को नरक से बचाना चाहती है और नरक जैसा उनका परिवार है जो इस टूटती बुजुर्गियत का सहारा नहीं बन सकता।

हम किस दौर में जी रहे है, भला ये वेदनाएँ वक्त के हथौड़े से मिलती होंगी। किसी के मुंह में दांत नही, किसी की झोली में पांच सिक्के तो किसी की उदास आँखें क्षितिज में सहारों को ढूँढती और पुराने मंदिर के आगे लगी कतारें जिसमें मैं प्रसाद लिऐ अपनी बारी का इंतजार कर रही थी।

मेरा मन कहता कि ईश्वर से उनकी भक्ति-प्रार्थना का ब्यौरा पूछ लूं परन्तु पीछे से धक्का मिलता और जल्दबाजी की कतारें मुझे ठीक आगे ले जाती जिनका उदेश्य मूर्ति में भाव ढूँढना था और भाव भरे चेहरे को अभावग्रस्त कर देना था। इन बेतुकी उहापोहों को लेकर मैं आगे दर्शन को बढ़े जा रही थी कि कांति बाईसा ने पीठ थपथपाते हुए कहा "बाईसा आप!! आलै हवेली ना पधारया!!" कांति बाईसा को देखकर मुझे पहचानने में मुश्किल हो रही थी परन्तु हवेली का हर शख्स मेरे अन्तर्मन में जगह रखता था।

"ठाकुरसा से किया वादा याद है न बाईसा कि आप भूल्या समझौ।" बाईसा कांति ने मेरी आँखों को घूरते हुए कहा।

मैने सकुचाते हुए कहा, "जी हुकुम याद है।" मानो एक बार फिर मैं जमाल फाउण्डेशन का हिस्सा बनते बनते रह गई थी। किसी भी प्रकार का परिवर्तन समाज में करने से पहले हमें स्वंय को किसी भी परिवर्तन को झेलने की शक्ति रखनी पड़ती है। हम परिवर्तन जायजा हर स्थान पर मुमकिन देखने लगते हैं परन्तु हमारे भीतर उठ रहे तूफानों की नकरात्मक वेगता को उचित दिशा में परिवर्तित करने का शौर्य हममें नहीं होता है।

"कुंवरसा ने पुरानी हाट में नयी शुरूआत की है बाईसा।" कांति बाईसा ने मंदिर में प्रवेश करते हुए कहा। मैं मन ही मन सोच रही थी कि "मुझे अनभिज्ञ रखकर"... और कुंवर लक्ष्य से उम्मीदें लगाना भी तो स्वंय से ही बेमानी थी।

मैं कांति बाईसा को क्या कहती कि जिस कार्य के करने का ख्याल मेरे मन में जीवन्त लपेटे लाता रहता है, उसको शुरू करने का साहस कुंवरसा में था। मन्दिर में जाकर आज मैं वापस मुड़कर बाहर आ गई, "भला! ईश्वर से क्या माँग रखूं, वो अदृश्यमान है, सभी कर्मों पर उसकी नजर है।"

कुंवर लक्ष्य के चरित्र का अनुमान लगाना शायद मेरे लिए एक पहेली जैसा था, वो व्यक्ति कभी मुझे अपमान की आग की लपटन देता तो कभी वैचारिक समानता का सुकुन ओढ़ाता। उसके जीवन में स्थिरता नहीं थी और मैं अपनी अस्थिरता से ही प्रेम करती थी। "स्थिरता जीवन में आवश्यक पड़ाव है परन्तु घोर आवश्यक भी नहीं है। कभी कभी अस्थितरता हमें सुकुन देती है, और स्थायित्व का गुण संसार की किसी वस्तु में नहीं है तो हम जीवन को स्थायी बनाने का बेफिजूल प्रयास क्यूं करते हैं।

दुर्गन्धरहित रहने को ही तो नदियां एक-स्थान से दूसरे स्थान तक जाती है, बहाव समय का हो या पानी, जीवन को गति देता है। रूका हुआ जल भी परेशानी का कारण बनता है और बहकर पूज्य स्थान पाता है।

कांति बाईसा से बात करते-करते मैं हवेली के सामने तक आ गई। हवेली आने को कहकर वह चली गई और मैं समय

को रोककर साँझ के बिम्ब को यर्थाथ बनाने का प्रयास कर रही थी।

अँधेरा हो आया था, मुझे थकान महसूस हो रही थी कि दरवाजे पर एक अनजबी थाप थी, 'इस वक्त कौन होगा।' मैंने आश्चर्य से खिड़की से बाहर झांक कर देखा, "मुझे कोई शख्स नहीं दिख रहा था।"

मैंने दरवाजा खोला, सामने कुँवर लक्ष्य खड़े थे। इस समय कुँवर लक्ष्य का आना कुछ समझ नहीं आ रहा था। "मैंने विस्मयभाव से कुँवरसा की ओर देखा। मेरे बिना कहे वो अन्दर आकर बैठ गये। यूं तो मैं किसी समुचित सोच को नहीं मानती थी परन्तु बाँगड़गढ़ ने मुझे रिश्तों और संबंधों की सीमाएँ तो तय करवा ही दी थी।

"आप इस वक्त मेरे क्वार्टर में क्यों तस्दीक लाए हैं कुँवरसा।" मैंने भी अपने ही घर में दबे पॉव घुसते हुए कहा।

"हम लाए हैं नजर हिसाबों की,

चलों सीखे सिखलाए दुनिया किताबों की,

किस ओर ये पखवाड़ा गुजरा,

मुझे नशा है बदलाव का, क्या खबर शराबों की!!!"

कुँवर लक्ष्य ने शायराना अंदाज से सोफे पर लुढ़कते हुए कहा। मेरा दिल जोरों से धड़क रहा था क्यूँकि इस क्वार्टर की हर दीवार पर और शब्दों के गुंजन में बाबू जमाल ही कम्पित हो रहा था। "आप बाबू जमाल की कविताओं से कैसे परिचित है।"

मैंने कुँवरसा के सामने की सीट पर बैठते हुए कहा। कुँवर लक्ष्य ने फिरकी कसते हुए कहा-

"अमीरों के खाते तुम जो पढ़ते हो,

तभी मुझ फकीरों की बस्ती में लड़ते हो,

ना करो ऐब सलामती का,

प्रश्नों का ढेर लगाकर क्यूं दिल में सड़ते हो!!!"

मुझे यह वक्त बेहद ही पेचीदा होता नजर आ रहा था। बाँगड़गढ़ के कुँवर का मेरे क्वार्टर में रहना भी कल की सनसनी खबर हो सकता था, मैं इस सत्य से परिचित थी परन्तु क्या कुँवरसा मेरी परीक्षा ले रहे थे या मेरे दुत्कारे जाने का इंतजार कर रहे थे।

मैं उनसे उत्तर की प्रतीक्षा में थी कि वो बार-बार बाबू जमाल का नाम लेकर मुझे क्यों पीड़ित कर रहे थे। मैंने उनकी प्रतिक्रिया को विषय की ओर ना आता देखकर पूछ लिया, "आप आज मेरे क्वार्टर में क्यूं आए है कुँवरसा, आने का विशेष कारण तो नहीं जान पड़ता है।"

"कुँवर लक्ष्य ने मुस्कुरा कर कहा, "आप कार्य कथन कारण सिर्फ इन्हीं उक्तियों पर विश्वास करती है अवि!!!!!! जीवन सर्वथा यही तो नहीं है जो आपने बुन रखा है।" कुंवर लक्ष्य के मुख से मेरा सम्बोधन नाम सुनकर मेरी आँखें त्रस्त हो आई थी, भला ये व्यक्ति अपनी सीमाओं में क्यूं नहीं रहता, इसका बड़बोलापन मुझे चुभ रहा था और मेरे जीवन से इसे किसी प्रकार का कोई तात्पर्य नहीं होना चाहिए।

इस वक्त किसी स्त्री के घर दस्तक लाना क्या इसकी मर्यादाओं के खिलाफ नहीं है या यह स्त्री के सम्मान को कहीं भी ठोकर लगाने को तैयार रहता है। मेरे मन में लाखों तर्क-वितर्क चल रहे थे कि कुंवरसा ने सामने पड़ी यूनिवर्सिटी ग्रुप फोटो की ओर इशारा करते हुए कहा "मुझे पहचान सकती है आप।"

"क्या आप!! भला आप इसमें कैसे हो सकते हैं।" मैंने कुंवरसा की ओर खिसियानी हँसते हुए कहा। "कुँवर लक्ष्य प्रताप आपकी यूनिवर्सिटी के बैचमेट 'साथी' है मैडम अवि। बाँगड़गढ़ महिला विकास अधिकारी!!"

कुंवरसा ने बाहर देखते हुए गम्भीरता से कहा। मैं मानो बिजली के तार से सम्पर्कित हो चुकी थी, "ये किस तरह का मजाक है कुंवरसा।" मैंने गर्दन हिलाते हुए कहा।

"सेक्सन डी में आप मैडम हिजरायल के साथ ॲकोनॉमी क्लास वास्ते कुल पच्चीस दफा आई थी और साथ में बाबू जमाल फाउण्डेशन के सक्रियगण भी लाई थी।" कुंवरसा ने नाक सिकोड़ते हुए कहा।

मेरे सामने वह सत्य था जिससे दूर भागकर निकलना मुश्किल था परन्तु कुँवर के दोहरे चरित्र का प्रमाण था यह। इस व्यक्ति को सम्पूर्ण जान लेना नामुमकिन है इसकी यथार्थता ना शब्दों में महसूस होती है ना किरदार में।

"आपने पहले क्यूं नहीं कहा कुंवरसा।" मैंने प्रश्नभाव से पूछा। "मैं आपके वर्तमान में अतीत का एक पन्ना भी नहीं देख सकता अवि!! यूनिवर्सिटी में हम वही लोग थे जो बदलाव की

राह पर जमाल फाउण्डेशन को उम्मीद भरी निगाहों से देखते थे परन्तु आप इस तरह सरकारी नौकरी का कलम चलाती बेरूझान दिखेगी, मैंने नहीं सोचा था।"

कुंवर लक्ष्य ने दीवार पर लगी तस्वीरों को गौर से देखते हुए कहा। "अपने मुताबिक जीवन जीना सबके अधिकार में तो नहीं कुंवरसा।" मैंने नजरे नीची करते हुए कहा।

"मैं नहीं मानता अवि!! स्त्री जाति का एक ही बहाना है, वह अपने आपको कमजोर बताकर कार्यहीनता दिखाती है। तुम भी तो अलग नहीं हो।" कुंवर लक्ष्य ने मानो फिर मेरे हृदय पर तीर लगा दिया हो।

"आपके विचार तथ्यपरक नहीं कुंवरसा, क्या आप वर्तमान स्थिति से परिचित नहीं। मैंने दरवाजे की ओर इशारा करते कहा।" आप पुन: अवसर को हीन बनाकर अपने यथार्थ उद्देश्य से परे है अवि, मैं आपको बाँगड़गढ़ में दो वर्ष से देख रहा हूँ, आप शहरी विचारों से अलग हो गई हो! तुम्हारा हृदय अब करूण हो आया है।" कुंवरसा ने सोफे से उठते हुए कहा।

'तो क्या आप इस बात से परिचित नहीं हो कि जमाल फाउण्डेशन का हिस्सा मैं भी रही हूँ आप मुझ पर करूणाहीनता का आरोप कैसे लगा सकते है कुंवरसा। मैंने कहा।

"तुम दिखावापरक हिस्सा थी अवि!! तुम्हारा अन्तर्मन अब भी विशुद्ध नहीं है, तुम अब भी समाज की तीक्ष्ण कटाक्ष को तवज्जो देती हो।

"बाबू जमाल सही कहता है तुम्हारे बारे में।" कुंवरसा ने मुझे निराश करते हुए कहा। "क्या कहता है बाबू जमाल।" मैंने

यकायक पूछा। "खैर! अब इतना भी जरूरी नहीं है आपका जानना। मैं मॉसा का आमंत्रण देने आया था, आपको कल श्रावण पूजा में बुलाया है।" कुंवरसा उठकर चले गये।

मैं छोडने का प्रयास कर रही थी वही मेरे सामने बार-बार जा जाता तो जमाल मेरी सब खबर रखता है। मुझे सोचकर भी अटपटा लग रहा था कि दो वर्ष, मैं जिस दुनिया से परे थी, उसी के इर्द-गिर्द भी घूम रही थी। कुंवर लक्ष्य प्रताप को मैंने कभी यूनिवर्सिटी में देखा हो, ऐसा मुझे कुछ भी अनुमानित नहीं हो रहा था क्यूंकि मेरी परवरिश जिस परिवेश में हुई "वहां पड़ोसी - पड़ोसी को नहीं जानता और एक दूसरे के प्रति किसी प्रकार की कोई दिलचस्पी नहीं दिखाई जाती रही थी परन्तु बाँगड़गढ़ की जीवनशैली सर्वथा पृथक थी।

मैंने मन ही मन बड़बड़ाना शुरू कर दिया, "इस कुंवरसा को मैं स्त्री जाति के सम्मुख विवशतापूर्वक झुकने को मजबूर करके रहूंगी चाहे मुझे कर्तव्यहीनता का बाना छोड़कर ख्याली पुलाव यथार्थ करने की जरूरत ही क्यूं ना पड़े।"

मैं सोच रही थी कल ठकुरानीसा के पास जाकर सीधा इस विषय पर बात करके कुंवरसा हराकर रहूंगी। सुबह का इंतजार बहुत लम्बा लग रहा था, मुझे आज यह महसूस हुआ कि एक अग्नि परिवर्तन की हजारों दीपकों को जलाने की शक्ति रखती है परन्तु प्रथम लौ का जले रहना आवश्यक होता है ताकि दीप जलते रहें। जिस जमाल फाउंडेशन का हिस्सा होना मेरे लिए अपनों की वेदना का सबब थी, वहीं यह किसी के लिए उम्मीद की किरण भी तो हो सकता था जो शायद इन प्रेम वेदनाओं से अधिक महत्ता रखता था।

मैं पोशीदा मन से सोने का प्रयास कर रही थी कि रात्रि की शांति में पीपल वृक्ष के पत्तों की चलने की आवाजे मुझे अतीत की गरमाहट में शीत लहर का सारल्य सायास दे रही थी। मुझे कुँवरसा की खिसियानी हंसी सालक सी लग रही थी, उनकी गहरी बोलती नजरें मेरे हृदय को छलनी करने में सक्षम थी। समय बहुत परिवर्तित हुआ है परंतु अभी भी हम नारी को सम्मान देने में यथोचित विकसित सोच नहीं रख पाए है। लिंग साम्यता के लिए हम कई श्लोगन नारेबाजी तो करते है परंतु यर्थाथता में स्वयं नारी भी अपने आप को कमत्तर होने का अहसास कभी न कभी करवा ही लेती है। अन्यो के द्वारा सम्मान का प्रतीक तभी बना जा सकता है, जब हम स्वयं की नजर में सम्मानित महसूस करते हो। जब देश की जनसंख्या में नारी-पुरुष अनुपात की साम्यता तो कहीं दिखाई देती है परंतु कार्यक्षेत्र में एक या दो महिलाओं द्वारा उन्नति किए जाने पर हम इसे सशक्त महिला विकास मान लेते हैं परंतु जनसंख्या की पचास फीसदी से अधिक महिलाएं आज भी उचित संसाधनों और उच्च शिक्षा सुविधाओं से वंचित है। कारण मूलतः कुछ भी हो सकते हैं परंतु इस दिशा में किये जाने वाले प्रयास की जिम्मेदारी एकल या सरकारी ही नहीं है अपितु हमारी आने वाली पीढ़ी को हमें परिवर्तित करने का जिम्मा लेने की सीख देनी चाहिए। यह आवश्यक तो नहीं है कि हमेशा आग लगने पर ही कुआं खोदा जाएगा, किसी के घर आग ही ना लगे, इस हेतु प्रयास भी तो किए जा सकते हैं। मैंने बाँगड़गढ़ में आकर देखा कि यहां प्रेम था, सच्चाई थी परंतु महिलाओं के प्रति पुरुषों का रवैया "पैरों की जूती मानने वाली कहावतें" जैसा था। ठाकुर प्रताप सिंह सबसे विपरीत नारी सम्मान को महत्व देते थे, तभी

मेरे यहां आने पर न जाने कितनी ही बार खुशी जाहिर करते थे। ताज्जुब तो मुझे इस बात का था कि कुँवर लक्ष्य की मंशा एक तरफ तो आवेशित नवीन ईजाद करने दिखती तो दूसरी तरफ उनका किरदार आवर्त क्षति दिखाता। वो कभी स्त्री के लिए काफिर बन जाते तो कभी ठुकरानी सा के साथ हर मुश्किल में खड़ा उन्हें मैं स्तम्भ-सा देखती।

आज सुबह उठने में मुझे देरी हो गई थी, मैं जल्दी से हड़बड़ाकर हवेली पहुंचना चाहती थी, ठुकरानी सा के आदेश को टालना मुझे ग्लानि देता था। मैं इस महज छोटी-सी दूरी को कदमों में नापती हवेली पहुंच गई। ठुकरानी-सा अपने रोज के कामों में व्यस्त थी, मेरी तरफ देखा और फिर भाभासा के पास जाकर बैठ गई। आज हवेली में ना सत्कार मिला था, ना हीं ठुकरानी-सा की प्रेम आदर पूरित निगाहें, वो विचित्र उपेक्षित कर रही थी। मैंने श्यामा की ओर नजर दौड़ाई, वह भी अपने सूदशाला में कार्य कर रही थी। कुछ ही देर में हवेली में सैकड़ों महिलाओं का जमावड़ा लग गया था। हवेली के पीछे का हिस्सा जहां शिव मंदिर भी था, जिसे मैं आज पहली बार ही देख रही थी, सबने मिलकर एक साथ पूजा की। ठकुरानी-सा भाभासा को लिए दूर बैठी सबको पूजा हेतु दिशा निर्देश कर रही थी। मैं एक साथ सबको बैठकर पूजा करने का नियम नहीं जानती थी परंतु मैं सबकी देखा देखी से सफल हो पाई थी। मेरे हृदय में बार-बार यही प्रश्न उठ रहा था कि ठकुरानी-सा ने आज आव-भगत क्यूं नहीं की। सम्मान पाने और देने का भी अपना एक नशा होता है, हम जिनका सम्मान करते हैं, उनसे नजरसानी हमसे बर्दाश्त नहीं होती है और जिनसे इज्जत पाने को हम हिलोरे

खाते हैं, उनकी उपेक्षा हमें वेदना देती है। सभी महिलाएँ "पगा लगाई" कर रही थी, कि मैंने भी ठकुरानी-सा और भाभासा के पगा लगाई की, तो ठकुरानी-सा ने कोई विशेष प्रत्युत्तर नहीं दिया, अब मैं समझ पा रही थी कि मुझसे किसी प्रकार की कोई मुखाफलत तो आज हवेली में पनप रही थी जिसका अंदाजा मैं नहीं लगा पा रही थी। मेरे मन में आया कि ठकुरानी-सा में उत्कंठा तो है, अगर वो मुझसे सहमत ना होती तो मुझे श्रावण पूजा में बर्खास्ती का पैगाम सुना देती या कुँवरसा के साथ बुलावा ही ना भेजा होता। "कुँवरसा" का नाम याद आते ही मुझे एक पल को लगा कि कहीं ठकुरानी-सा के बुलावे बिना ही कुंवर असत्य कह रहे हो, तो मैं बिना मेजबानी की चाहत के मेहमान बनने को उतारू हो आई थी।

बाँगड़गढ़ आने के बाद से मुझे कभी इतना अपमानित नहीं महसूस हुआ था। मैं ठकुरानी-सा से जाकर उपेक्षा का कारण पूछना चाहती थी परंतु मुझे डर था कहीं बिना बात के ही मैं स्वयं के लिए बाधा न कर लूं। मैं हवेली से आगे सूनी निकल आई। रास्ते की चिलचिलाती सुबह की धूप मानो मुझे सहला रही हो कि मेरे जीवन में स्थायी प्रेम रूपी सुखी अपनापन था ही नहीं। आज परायों की नगरी में खड़े होकर मैं अपनों की राह तक रही थी जबकि सुदूर उन्हीं की वेदना का कारण मैं भी तो बनी हुई थी। मां से बात करने को मेरा मन दुःखी हो रहा था। मैंने घर की लैंडलाइन पर फोन कर दिया। पिताजी ने फोन को दूसरी तरफ उठाकर उसी पुराने कड़क अंदाज वाली गुस्सैल आवाज में कहा, "हेलो! कौन बोल रहा है......?" मैं निरूत्तर-सी चुपचाप फोन पकडे खड़ी थी। सांसे उखड़ी जा

रही थी, पिताजी से बात करने का दिल तो था, परंतु मेरे सारे अरमान एक क्षमा पर आकर रुक जाते, मैं किस तरह की क्षमा याचना उनसे करूँ कि अलगाव का कारण उनकी गुस्सैल डांट थी जो हर रोज मुझे झकझोरती थी। थोड़ी देर मेरे कुछ ना कहने पर पिताजी ने फोन माँ को आवाज देते हुए दूसरी तरफ रख दिया, "तुम्हारी बेटी का फोन है उषा!!!! अभी भी नाक चढ़ाए हुए हैं, ये लड़की का मिजाज मेरी समझ के परे है।" पिताजी की आवाज मुझे उल्टे रखे फोन से स्पष्ट है सुन रही थी। माँ ने दौड़ते हुए फोन उठाया था शायद हाँफते हुए बोली, "अवि!!!!!! पिताजी की बात का बुरा नहीं मानते बेटा! उनसे बात करने से तुम छोटी नहीं हो जाओगी, अब बीती बात भूलाकर आगे बढ़ो बेटा????" मैं माँ को सुन रही थी। बाबू जमाल हमेशा सही कहता था -

"अश्कों की आग ने मुझे अँधा कर दिया,

रिश्तो को जब मैंने मंधा कर दिया,

ये दिल बिखर कर टूट रहा है,

जब सिसकती जिंदगी ने अतीत को औंधा कर दिया!!!"

मैंने थोड़ी देर माँ से बात की और फोन रख दिया। ऐसा नहीं था कि मेरे हृदय में कमोबेश उनके लिए मोहब्बत की कमी हो गई थी पर सपनों की दहकती आग ने रिश्तों को ठंडा कर दिया था। जब बाबू जमाल मेरे घर आया था पहली बार तो पिताजी ने धक्के मार कर घर से बाहर निकाल दिया था। उन्हें लगता था कि मेरा भविष्य इस तरह के आवारा संगत से असुरक्षित था परंतु मेरी राह हर बार बाबू जमाल पर जाकर ही मिलती।

मुझे कल रात से कुँवर लक्ष्य की बातों का सच जानने की तलब हो रही थी मैंने रायमा से बात करने की सोचकर सीधे दफ्तर निकल गईं। जब रायमा से बात की तो सामने से खिलखिलाती मेरी जिंदादिल दोस्त आज नाराजगी जता रही थी, "अवि! संगोष्ठी में तुम्हारा बर्ताव असहनीय था, तुम सच में अनुग्रह नहीं रखती हो दोस्तों की प्रति।" कुछ देर रायमा इसी तरह मुझ पर आरोप-प्रत्यारोप लगाती रही। मैंने होले-से स्वर में पूछा, "डू यू नो मिस्टर लक्ष्य प्रताप इन लॉ डिपार्टमेंट।" रायमा ने कहा, "हाँ अवि! संगोष्ठी में आज आखिरी मुलाकात हुई थी उनसे, यूनिवर्सिटी में भी परिचित हो ऐसा याद नहीं है मुझे परंतु तुम कैसे पूछ रही हो!" मैं अब रायमा की बात से अचंभित थी, भला!!! श्यामा के साथ मैं अकेले बाँगड़गढ़ से संगोष्ठी हेतु नहीं गईं थी, कुँवर लक्ष्य सब जानते थे, क्या श्यामा भी परिचित थी इस सत्य से? और मैंने ध्यान ही नहीं दिया क्योंकि मेरी नजर सिर्फ बाबू जमाल पर टिकी थी। मेरे मन में कई सवाल उठ रहे थे जिनके उत्तर केवल श्यामा के पास थे। मुझसे भी असत्य कहती है श्यामा!!!! मैं उसे अपना सच्चा साथी समझती हूँ परंतु उसके लिए भी हवेली सर्वप्रमुख है। कुछ देर में रायमा की उलाहने सुन रही थी कि रायमा ने कहा, "बाबू जमाल तुझसे मिलना चाहता है अवि तुम उसके प्रति अन्याय कर रहे हो, निर्दोषी को सजा देना पाप है।" जिस व्यक्तित्व को मैं अपने आस-पास बुनकर रखती थी, जिसकी दिखाई हर राह मेरे लिए सर्वस्व थी, उसके प्रति अन्याय मैं कैसे कर सकती थी, परंतु रायमा को समझाना इतना भी आसान नहीं था। आसानियों से दूर भागना मुझे पसंद था क्योंकि मुश्किल कार्य ही मेरे हृदयचाप को संतुलित रखते थे। मैंने बिना

रायमा से तर्क-वितर्क किए विषय परिवर्तित कर दिया। रायमा ने श्यामा के बारे में पूछा और मैंने उसे बाँगड़गढ़ की मर्यादाओं एवं संस्कारों की बातें सुनाई। यह तय था कि कुंवर लक्ष्य जब पहले से परिचित थे तो अनजान क्यूँ बने हुए थे और अपमान करना क्यों चाह रहे थे। मैंने आज लौटकर श्यामा से बात करने की ठान ली कि दफ्तर में घंटी बजी बाहर गोपी आने की इजाजत मांग रहा था, लगा कोई आया होगा।

"बाईसा! ठकुरानी-सा आए हैं!!!" गोपी ने नीची गर्दन करते हुए बाहर इशारा कर दिया। मैं सकपका गई और गोपी को अंदर भेजने का आदेश दे दिया। ठकुरानी-सा घूंघट ओढ़े मेरे दफ्तर में अंदर आ गई और घूंघट उठाकर अभिवादन करते हुए कहने लगी, "खम्मा घणी बाईसा!!!!! मैं बहुत-सी बातों से अपरिचित रही, इसमें मुझे संदेह नहीं है परंतु आप समझदार है!!!! हवेली की मर्यादा की लाज बख्शा दो बाईसा!!!" मैं ठकुरानी-सा के हाव-भाव और बातों को नहीं समझ पा रही थी। मैं उनको देखें जा रही थी। श्यामा ने अंदर घुसते ही मुझे उलाहनें देना शुरु कर दिया। "बाईसा आप म्हारी बेटी जैसे हो, परंतु म्हारी साँझ रै वास्ते दया कीजो। मैं अब भी स्थिति से अनभिज्ञ थी कि ठकुरानी-सा ने आँखें मिलाते हुए गर्व से कहा, "कुंवर लक्ष्य म्हारी जीवन की तपस्या का परिणाम है बाईसा, आप उन्हें भटकाव दे रही हैं, आज ही कुंवर लक्ष्य ने आपसे शादी का प्रस्ताव रखने को मुझे प्रार्थना की है परंतु मैं इससे सहमत नहीं हूँ। कुँवरसा को समझाना किंचित भी आसान नहीं बाईसा, ये कार्य सिर्फ आप ही कर सकती हैं। मैं आपमें दोष-विगुण नहीं देखती हूँ परंतु हवेली की मर्यादाएं आपके किरदार से संतुष्ट

नहीं हो सकती है।" ठकुरानी-सा एक-साथ सारी बातें बेधड़क कह गई। जिस विषय में मुझे कोई यथार्थता मालूम ही नहीं थी, उस पर मैं क्या प्रत्युत्तर देती, आज कुँवर-सा की सोच पर मुझे फिर आश्चर्य हो रहा था कि उनके लिए किसी स्त्री की आबरू कोई मायने नहीं रखती वो निर्लज्ज थे, किस्म-ए-आवारा थे परंतु उनकी बेबाकी ने मुझे अपने ही आदर्श किरदार की नजरों में गिरा दिया था। वो शादी का प्रस्ताव रखने का सोच भी कैसे सकते हैं और भला! मैं कुंवर लक्ष्य हेतु इस प्रकार की भावना रखने का स्वप्न भी नहीं देखना चाहती थी।

"आप मुझे गलत समझ रही हैं हुकुम मैं इस प्रकार के किसी भी रवैये से अपरिचित थी। मुझे कुँवर लक्ष्य ने इस विषय में कोई इत्तला नहीं किया कभी, भला! मैं आपकी साँझ की नींव और बुर्ज दोनों की समता के खिलाफ कोई विचार नहीं रख सकती हूँ, मैं बिना कारण ही आपसे क्षमा नहीं याचित कर सकती हूँ ठकुरानी-सा! परंतु आपको आश्वासित कर सकती हूँ कि आपकी मर्यादा की खिलाफत करने की शक्ति में स्वंय मैं कभी नहीं पनपे दूंगी।" मैंने ठकुरानी-सा को सुनाते हुए श्यामा की ओर देखते हुए कहा। श्यामा ठकुरानी-सा के साथ तनतनाती हुए चली गई। गोपी अन्दर आया और एक फाइल टेबल पर रखकर चला गया, मेरी नजर पड़ी तो दिल खुशी के सातवें आसमान पर था। सरकारी ऑर्डर था, बाँगड़गढ़ में बुजुर्ग, प्रौढ़ एवं शिक्षावंचित महिलाओं बालिकाओं के लिए सहशैक्षिक स्वावलंबन विद्यालय की स्थापना करने का करने का आदेश सहमति पत्र था, अब मैं महिला शिक्षा एवं स्वावलम्बन के कार्य सरकारी जमीन पर एवं हक से कर सकती थी, मानो बदलाव

की एक आग जो मेरे सीने में बरसों से दहक रही थी, आज उसको पूरा करने का अवसर मुझे मिल रहा था, मैं कुंवर लक्ष्य की बेफिजूल बातों में वक्त जाया नहीं करना चाहती थी। बाबू जमाल की एक पंक्ति मुझे ऐसे अवसर पर अक्सर याद आया करती थी।

"सीने में दहक रही है एक आग
मैं, तेरी बस्ती को जलाता नहीं,
मुझे इस अंधकार भरे रूढी भूस्से से है दिक्कत,
अकारण रुकी बेचैनी जीने नहीं देती,
जब तक मैं पुरानी जंजीरों को हिलाता नहीं,
चुप्पी तानकर मंजिलों की ठोकरें खा मुसाफिर,
खाना तो बेशक है, यूं आसानी से जमाना ठोकरें भी खिलाता नहीं।"

मैंने अब दृढ़निश्चय कर लिया था कि कुंवर लक्ष्य एवं हवेली से मैं किसी प्रकार का कोई संबंध नहीं रहूंगी। जिंदगी हमें एक ही कार्य को करने के लिए विभिन्न तरीकों से कई अवसर देती है परंतु हम आँखों को एक ही दिशा में देखने को बाध्य कर देते है एवं अवसर हम सम्मुख होकर भी हमें दिखाई नहीं देता और जीवन-भर हम उस कार्य की अपूर्णता का पश्चाताप करते रहते हैं जबकि असंभव में भी असीम संभावनाओं के प्रयास का समूह होता है। हमारा कौनसा प्रयास हमें मंजिल तक पहुंचाने में सक्षम होगा, ये तो हम नहीं जान सकते परंतु किसी-न किसी प्रयास का तो सफल होना है परंतु हम कर्मठहीनता के वशीभूत प्रयास करने की हिम्मत नहीं करते हैं। मैंने गोपी को बुलाकर

सारा कार्य आज ही से शुरू करने का आदेश दे दिया। गोपी ने कहा, "बाईसा ठकुरानी-सा को जीवन में पहली बार मैंने गुस्से में देखा है भला शीतल प्रकृति वाली हुकुम आप पर क्रोधित क्यों हुई, क्या मैं कारण जान सकता हूँ?" "नहीं गोपी तुम असत्य कहते हो, बाँगड़गढ़ में, मैं समझती थी विश्वास पनपता है रिश्तो के प्रति परंतु यहां किसी अनजान के प्रति विश्वास की दर शून्य के समान प्रतीत होती है और ठकुरानी-सा भी इससे परे नहीं है।" मैंने गोपी को गहरा सोचते हुए कहा और फाइल हाथ में थमा दी। "आप हवेली के मामलों से दूर ही रहें बाईसा! ये गाथा आपकी समझ के परे हैं बाईसा!!!!! यहां निर्णय किसी एक का होता है और पालना सब करते हैं बिना किसी सवाल जवाब के और आपको भी ठकुरानी-सा के आदेश पर विचार करना चाहिए।" गोपी की समझदारी मुझे हास्य भाव दे रही थी, भला नियम-कायदे की बात भी उनसे सुनकर बड़ा अजीब लगता है जो स्वयं असामाजिकता प्रसारित करने में माहिर हो परंतु इस समय मेरा कुछ भी कहना उचित नहीं था, मैंने गोपी के सम्मुख चुप्पी साध ली।

ठकुरानी-सा से इस तरह के बर्ताव की अपेक्षा भी मैंने नहीं की थी परंतु यह सच है कि जब हम किसी को सीमाधिक तवज्जो देने लगते हैं तो हमारा अपमानित होना तय है। कुछ दिन मैंने साधक की तरह केवल अपने प्रोजेक्ट पर कार्य किया एवं उसका क्रियान्वयन बेहतर तरीके से हो सके, इसके लिए विभिन्न प्रयास किए। श्यामा ने शाम को मेरे क्वार्टर में आना बंद कर दिया था, बाँगड़गढ़ में खींची अपनेपन की सारी लकीरें अब मिट्टी हुई दिख रही थी। अब साँझ हवेली के सामने से

गुजरते मेरा उस बुर्ज को निहारने का मन नहीं करता था, जीवण कभी घुड़शाला में खड़ा दिखता तो नजरें झुका कर काम करने लगता। अब पूरे बाँगड़गढ़ में यह बात प्रसारित हो चुकी थी कि कुंवर लक्ष्य ने किस तरह की हिमाकत करने की कोशिश की थी, वो अब यहां की महिला विकास विकास अधिकारी के मायने से कुँवरसा के प्रस्ताव को तोलने लगे थे और मैं अपने आपको बाँगड़गढ़ के रिवाजो से दूर रखना चाहती थी। जब हम किसी विषय को लेकर स्वयं में ग्लानि महसूस करते हैं तो हमें आभास होने लगता है कि प्रत्येक व्यक्ति की चर्चा का विषय शायद हम ही होंगे। जब मैं गांव में विद्यालय की स्थापना प्रोजेक्ट के चलते दौरा करती तो फुसफुसाती महिलाएं मुझे चुभन देती कि चाहे मैं अपने कार्य को लगन से करूं ये दूसरा मुद्दा है, प्राथमिकता एक स्त्री के लिए हमेशा उसका निजी जीवन भूचाल क्यूँ बन जाता है। श्यामा अब मुझे किसी प्रकार की समझाईश इन चर्चाओं को समझने हेतु ना देती थी, उसके लिए ठकुरानी-सा और हवेली हमेशा सर्वोपरि थी। दिन-प्रतिदिन कार्य प्रगति पर था और स्थानीय विद्यालय की स्थापना भी हो चुकी थी। प्रारंभ में कोई भी कार्य असंभव सा लगता है परंतु नीव का एक पत्थर रखने की हिम्मत की जाए तो संपूर्ण इमारत को खड़ा करना मुश्किल नहीं होता।

उद्घाटन समारोह की तारीख तय हो चुकी थी, अब बाँगड़गढ़ में अशिक्षा का अंधकार हटने को उतारु था, परन्तु इस समारोह में ठाकुर प्रताप सिंह सा के परिवार का कोई भी सदस्य ना आए, ऐसा बाँगड़गढ़ निवासियों को मंजूर ही नहीं था। कुंवर लक्ष्य स्वयं हर स्तर पर विकास के प्रयास करते रहते थे, उनको

आमंत्रित ना करना इस प्रोजेक्ट के बहिष्कार का कारण बन सकता था मुझे आज बाबू जमाल के व्यक्तित्व जैसे ढाल की जरूरत थी बाबू जमाल हमेशा कहता था।

देश के युवा शीशमहलों की चार दीवारों से निकले तो सही
आवारा ही सही हम पर सूरज की आग में तपने निकले
तो सही
हमें मालूम है कि कुछ नहीं हो सकता इन मुद्दों का
पर कोई बुनियादो को हिलाने निकले तो सही
एक आवाज सब बदल कर रख देगी।
कोई चुप्पी को बुलंद बनाने निकले तो सही।

मैंने गोपी को कहकर कुंवर सा और हवेली में सभी के लिए आमंत्रण पत्र भेज दिया परंतु कुंवर साहब का सामना करने की इच्छा मुझ में नहीं थी। मैं उन्हें हमेशा कोसती आई थी परंतु उनकी बदलाव लाने की दृष्टि मुझे किंचित भाती भी थी, और ठकुरानी-सा को दिया गया उनका मेरे प्रति प्रस्ताव मुझे कभी स्वीकार नहीं था। यूनिवर्सिटी के दौर के किस्सों में यह आम विषय हुआ करता था कि कोई शादी का प्रस्ताव रखता तो कोई हुजूर-ए-दोस्त बनने का ऐलान करता, परंतु अब यह मालूम नहीं था कि मखौल का यह विषय एक दिन गंभीर वैचारिक दस्तक देगा पिछले दो वर्षों में हवेली में मेरा आना जाना एक परिवार के सदस्य जैसा था, परंतु यहां के रीति-रिवाजों में अपने आप को ढाल लेना मेरे लिए असंभव प्रतीत होता था, और भला मैं ऐसा विचार रखती भी क्यों मेरा वास्ता ही क्या था इनसे और कुँवरसा को बैठे-बिठाए ये

कमसिन फालतू विचार आए ही क्यों???? उनकी हिम्मत भी कैसे हो सकती थी?

बाईसा! कुँवरसा ने आपको हवेली के दरवाजे तक आने को कहा है? रसीला क्वार्टर में कब आई और कहकर चली गई, मैं उठ पाती उससे पहले कि उसकी दूर जाती पायल मेरे कानो में खनक रही थी। मैं बिना सोचे समझे उठकर जाने को हुई कि अचानक ठकुरानी-सा की बात मेरे हृदय में करार की तरह पैनी-सी लग रही थी। मैं पुन: अपने कार्य में लग गई मैं क्यूँ जाती कुँवरसा के बुलावे पर वो शख्स निहायती अहमकाना दृष्टि रखता था, अपने सम्मुख उन्हें किसी की परवाह नहीं थी। आज की हमारी पीढ़ी के साथ सबसे बड़ी समस्या तो ये है कि हम किसी भी वस्तुस्थिति को सुलझाने का प्रयास सहज नहीं करते हैं अपितु समस्या के कारण को कोसते रहते हैं और आत्मग्लानि में समय जाया करते हैं। मुझे आभास हो रहा था कि मैं हवेली के प्रति एक डोर से बंध चुकी थी जिससे अलगाव का विचार भी मुझे दर्द दे रहा था। मैं कुँवरसा का सामना भली-भांति कर सकती हूँ, भला इस व्यक्ति के तानों का जवाब तो एक दिन में बाँगड़गढ़ में रहकर ही दूंगी। अचानक आत्मविभोर होकर मैं कुँवर-सा के पक्ष को सुनने निकल ही गई। सामने हवेली की विरासत का रक्षक और मेरे जीवन की शांति का अस्थाई भक्षक कुंवर लक्ष्य प्रताप अपनी मूछों को ताव देते घोड़े लेकर खड़े थे। मुझे दूर से स्पष्ट तो नहीं दिख रहा था परंतु संभावित कुंवर लक्ष्य की परछाई को जानना अब इतना भी मुश्किल नहीं था। "घुड़सवारी पर चलेगी बाईसा!!!!!! जीवण मैडम को घोड़ा दो...... इनकी रफ्तार तारीफे-ए-काबिल है, बरसों पुरानी आदत रही है

इनकी, अग्रिम चलते इनके कदम पीछे मुड़कर नहीं देखते हैं, ये रेस तो जीत जाती है पर स्वयं से हार जाती है?????" कुंवर सा ने घोड़े को सहलाते हुए इतनी तीखी बात कह डाली। मैं जानती थी कि कुँवर सा किसी ज़हर को उगलने की प्रतीक्षा में ही होंगे परंतु कभी-कभी हम यह निर्धारित नहीं कर पाते हैं कि किसी व्यक्ति का अवांछित व्यवहार एवं विचार भी हम क्यूँ सहन करते हैं जबकि हमारे अपनों की एक स्वाभाविक डांट-फटकार भी हमें उनसे अलगाव देती है। मैं कुँवरसा के साथ घुड़सवारी पर तो क्या एक कदम भी नहीं चलना चाहती थी परंतु मुझे अब बाँगड़गढ़ की प्रोजेक्ट सफलता का खुमार सांसें भर रहा था।

मैंने जीवण का हाथ पकड़ते हुए घोड़े पर चढ़ने की सफल कोशिश की। शाम का समय बाँगड़गढ़ में विरान हुआ करता था, दिन-भर की चहल-पहल रात में बालू मिट्टी की तरह ठंडी पड़ जाती। "आप उद्घाटन समारोह का निमंत्रण लेकर स्वयं क्यूँ नहीं आई, मैं आपको बधाई साझा करने का इंतजार कर रहा था।" कुंवर सा ने घोड़े दौड़ाते हुए कहा। मुझे जानबूझकर अनजान बनने वाले लोगों से सख्त परहेज हुआ करता था, जब तक विचारों में स्पष्टवादिता नहीं होती, तब तक हम किसी का भी भरोसा नहीं जीत सकते "आप किस तरह का खेल रहे है कुँवरसा? स्त्री जाति का विरोध अब आप मुझसे चिकनी चुपड़ी बातें करके और गहरा करना चाहते हैं??" मैंने घोड़े की लगाम खीचते हुए कहा। "आप मेरे प्रस्ताव पर विचार कीजिए बाईसा, मैं गली का आवारा नहीं हूँ, साँझ हवेली की मर्यादाओं का पालक एवं रक्षक हूँ, मानाकि इस समय तनिक आर्थिक तंगी मैं हूँ परंतु जीवन मैं बहुत कुछ करने का हौसला रखता हूँ।" कुँवरसा डूबते

सूरज की ओर में धड़ाधड़ कह गये। मुझे एक पल को महसूस हुआ कि ये कुंवर लक्ष्य अब वह नहीं था जिससे मैं शुरूआती दिन मिली थी परंतु भला झूठ और पाखंड की साख पर रिश्ते कैसे बनते।

"मैं हवेली को आदर्शवादी बुर्ज समझती हूँ कुँवरसा! आपके प्रस्ताव पर मैं व्यक्तिगत तौर पर आश्चर्यचकित हूँ और सामाजिक छवि के बिगड़ जाने पर शर्मिंदा हूँ। मैंने सोचा कहाँ था कि आप इस तरह बाँगड़गढ़ में मेरा रहना मुश्किल कर देंगे। स्वयं को बहुत तवज्जो देते हैं कुँवरसा, कुछ विचार दूसरों के विषय में भी कर लेने चाहिए।" मैंने कहा।

"मैंने यूनिवर्सिटी से आपके बारे सुना है, आप इतना जल्दी निर्णय तक कैसे पहुंच जाती हैं बाईसा! समय हमेशा एक जैसा नहीं होता और समय में हर वो शक्ति है जो किसी को भी परिवर्तित कर सकती है। बाबू जमाल के विषय में भी आपकी राय कितनी अनुचित प्रतीत होती है।" कुँवरसा ने मेरी तरफ देखते हुए कहा।

"ठकुरानी-सा इस मोड़ पर आपसे सहारे की मांग रखती है कुँवरसा, आपको अपनी जिद्द के लिए उनका सम्मान नहीं खंडित करना चाहिए। मेरे लिए इस बाँगड़गढ़ में आप से अधिक सम्मान की पात्र ठकुरानी-सा है कुँवरसा!" मैंने कुँवरसा को प्रत्युत्तर दे दिया।

कुँवरसा लक्ष्य का किरदार लज्जित था, वह मुझसे आँखें चुरा रहे थे। मैं उन्हें अब सजा देने योग्य रही नहीं थी क्योंकि बाँगड़गढ़ की जरूरतमंद नवपीढ़ी को शिक्षित करने के लिए मैं

उन्हें रात-दिन मेहनत करते देख रही थी। सामाजिक रुप से हमारा अच्छा होना, हमें व्यक्तिगत रूप से भी निखारता है परंतु मैं कुँवर लक्ष्य के किसी भी प्रस्ताव पर अनुमति नहीं दे सकती थी। मेरी स्वछन्द जिंदगी में परतंत्र विचारों की बेड़ियों मुझे रोक सकती थी, मैं अब कहना नहीं चाहती थी। जीवन में मुझे सर्वाधिक प्रेम अपनी गति से था, गति ना हो तो जीवन शून्य हो जाता है, बेमतलब, अर्थहीन॥

माँ सा उद्घाटन समारोह में ही नहीं आएगी बाईसा! मैं कल समय से पहुंच जाऊंगा। जमाल फाउंडेशन से आप इस वीरान गांव में ये शुरुआत तक आ गई है, अब मैं आपके पावों में जंजीर नहीं डालना चाहता, मेरी और हवेली की शुभकामनाएं आपके साथ हर कदम पर होगी। बाबू जमाल सच कहते हैं -

"आदत से मजबूर हूँ मैं,

मीठा परंतु ऊंचा कद में,

नाहासिल हो वही खजूर हूँ मैं,

आपकी तवज्जो के काबिल तो नहीं,

पर किसी का जी हुजूर हूँ मैं।"

"आप कितनी अहमकाना बातें करते हैं कुँवरसा! बाबू जमाल ऐसा तो कभी नहीं कहता था।" मैंने इस अनजानी तुकबंदी को निराश कर दिया। "बाबूसा मुझे बड़े दादा के पास भेजना चाहते थे ताकि मैं भी उनकी तरह वहां अच्छा जीवन व्यतीत कर सकूं, परंतु मैं जीवन में साथ को सर्वोपरि मानता हूँ। जीवन भर सम्मान से बाबूसा अपने कर्तव्यों को जी जान से निभाते रहे हैं, उनका अंतिम समय बहुत दयनीय था। जीवन की हर लड़ाई

जीतकर बाबूसा अपनी औलाद से हार गए थे बाईसा! आप मुझे बेहद निकृष्ट समझती हैं तो समझे मैं बाबूसा को मरने के बाद भी नहीं छोड़ सकता क्योंकि 'साँझ' सिर्फ एक बुर्ज नहीं है, इसमें बाबूसा के जीवन भर के सम्मान की कमाई है, आत्मसम्मान की ईंटें बुर्ज में बनी बसी पड़ी है, मैं उन्हें खंडित होता नहीं देख सकता।" कुँवरसा इतना कहकर खामोश हो गये।

मैं क्या प्रत्युत्तर देती? किसी के लिए मन में गलत भाव पैदा करना बहुत आसान है परंतु किसी को अपना बनाकर उसके दुःखों में साथ खड़े होना सच में इतना मुश्किल भी नहीं है। कंवर लक्ष्य के दुःख को मैं समझ सकती थी परंतु हमारी राहें अलग-अलग थी, मैं कोसों दूर परिवार से अलगाव में चली आई थी, वही कुँवरसा इन बाँगड़गढ़ की चारदीवारी में अपने पूर्वजों की शान में ही सर्वस्व समर्पित करने को आतुर थे। "आपके पास बहुत अवसर हैं कुँवरसा! कब तक यूँ साँझ के इर्द-गिर्द घूमते रहेंगे। समय किसी का इंतजार नहीं करता, आप उच्च शिक्षित हैं, जीवन के इस पड़ाव पर भावुकता से निर्णय न लें कुँवरसा, भविष्य के बारे में सोच रखिए!" मैंने अपने मन की बात सहज ही कुंवर लक्ष्य को कह दी।

"आप तो बाबूसा की वाणी बोल रही है बाईसा! बरसों से अंधकार में पड़े इस बाँगड़गढ़ को एक उम्मीद मिली है मेरी उच्च शिक्षा से, मैं नन्हे चेहरों को अभाव में डूबता नहीं देख सकता। जीवन में शिक्षा केवल स्वयं तक सीमित नहीं रहनी चाहिए, ये सामाजिक सरोकार का विषय है। कुंवर लक्ष्य प्रताप सिंह अभाव में मर सकता है परंतु किसी के प्रति असंवेदनशीलता की मूर्त जिंदा लाश नहीं बन सकता।" कुँवरसा ने आवेश में कहा।

"मेरा तात्पर्य वह नहीं था आप गलत समझ रहे हैं। मैं आप जैसे नव युवा सोच को सलाम करती हूँ कुँवरसा! बाबू जमाल ठीक कहता था -

"मेरे बुझने का अफसोस मत करना!
मैं बुझकर हजारों दिए जला जाऊंगा!"

कुँवरसा के चेहरे पर मुस्कुराहट आ गई। "मेरे प्रस्ताव पर आपकी असहमति से मुझे अधिक खेद नहीं परंतु क्या हम बाँगड़गढ़ में शिक्षा का दीया एक साथ जला सकते हैं मैडम अवि!" कुँवरसा ने मेरी तरफ हंसते हुए कहा।

"भला! रोशनी को कौन रोक सकता है कुँवरसा! जमाल की सोच और उसके आदर्श पथ पर मेरे साथ आप आ सकते हैं...... वेलकम टू जमाल फाउंडेशन कुँवरसा!!!!" मैंने भी चश्मे को कुँवरसा की तरफ करते हुए कहा।

"वक्त काफी हो आया है, हमें घर लौटना चाहिए! आपको कल के कार्यक्रम की तैयारी भी करनी होगी।" कुँवरसा ने मेरी तरफ हाथ बढ़ाते हुए कहा हम वहां से जीवण के साथ घोडो पर लौट आए।

षष्टम अध्याय

"बाईसा! हम मैट्रिक में जिले के सर्वाधिक अंको से पास हुए है।" मोरा सुबह ही मेरे दरवाजे पर आया था। "सच मोरा!" मैंने मोरा के हाथ में अखबार पर नजर डालते हुए कहा। "बाईसा! हम कल शाम को भी आए थे आपको यह खबर बताने परंतु आप बाहर गई हुई थी, हमें रात भर नींद नहीं आई कि कब सुबह हो और कब हम आपको यह खबर दें।" "हम बहुत खुश हैं मोरा, तुम बहुत तरक्की करोगे।" मैं बहुत खुश थी। "बाईसा! कुंवर लक्ष्य-सा बहुत खुश होंगे यह जानकर हमारे साथ दिन-रात मेहमान की है कुँवरसा ने, पुरानी हवेली में हम सभी को नई राह, नए सपने दिखाने में कुँवरसा ने कोई कमी नहीं रखी। मैं उनसे भी मिलकर आता हूँ।" इतना कहकर मोरा भाग गया।

मोरा की आँखों में एक चमक थी और आत्मविश्वास कूट-कूट कर भरा था। मुझे आज कुंवर लक्ष्य के इरादों पर कोई संशय नहीं था। जीवन में संचय करने की प्रवृत्ति से पृथक सांझे की प्रवृत्ति ज्यादा लाभदायक होती हैं। बांटने में असीम सुख है। किसी के याचना करने पर दान की प्रवृत्ति दाता और याचक का अपमानित संबंध बनाती है अपितु किसी की आवश्यकता को स्वत: समझकर अपने संसाधन उससे बांट लेने की प्रवृत्ति मैत्री सच्चे संबंध बनाती है जो सामने वाले को याचक बनने से रोक देती है। मोरा जैसे कई होनहार बच्चे

हैं संपूर्ण दुनिया में, अगर उनके साथ साधन सम्पन्न परिवार अपने संसाधन थोड़े-से भी बांट ले तो उच्च नीच की ये रेखा मिट सकती है। समर्पण में जो सुख है, वो किसी धन से खरीदा नहीं जा सकता और भावनाएं अगर धन से खरीदी जाने लगेगी तो हम जीवन से कोसों दूर जा चुके होंगे। यह आवश्यकता नहीं कि हम हर किसी की सहायता को सक्षम हो, ना तो हो भी हम उसे उम्मीदों का पुल बनाकर तो दे सकते हैं। आशाएं बांट सकते हैं, उम्मीद की किरण दिखा ही सकते हैं। जीवन एक साथ पड़ी उन दो पटरियों के जैसे हैं, जो कभी एक-दूसरे के आवागमन में हस्तक्षेप नहीं करती परंतु एक पटरी पर अबाधित रूप से रेलगाड़ी तब तक चल सकती है जब दूसरी उसका सहयोग करें और दूसरी तरफ से आने वाली रेल को खुद पर ले ले।

सरकारी नियोजन को उलाहने करने से बेहतर है कि समाज का अमीर और गरीब वर्ग दो पटरियो के समान एक दूसरे के सहयोग की प्रवृत्ति रखे। मैंने सुना था बचपन में जिसका कोई नहीं होता उसका भगवान होता है भगवान की निरुक्ति पड़ी तो समझ आया जो सभी के द्वारा पूजा जाए वह भगवान है "भग पूजितं तद भगवान" अगर भगवान शब्द को अलौकिक शक्ति से एक बार परे हटाकर देखें तो सभी के लिए अपने आपको समर्पित करने वाला इंसान ही भगवान का रूप हो सकता है अर्थात जब कोई निराशा में डूबा हो, जिसे कोई उपाय नजर नहीं आता हो, अगर उसके लिए उम्मीद बनकर कोई इंसान खड़ा हो जाए तो शायद हम भगवान जैसे महान शब्द को पृथ्वी पर परिकल्पना से दूर सार्थकता में

उतार पाएंगे। मैं तैयार होकर कार्यालय के लिए निकल रही थी कि आज श्यामा सामने से चली आ रही थी। कुंवर लक्ष्य के शादी प्रस्ताव पर तो ठकुरानी सा की नाराजगी मैं समझ सकती थी परंतु श्यामा ने मेरे क्वार्टर आना क्यों छोड़ दिया था इसका उत्तर मुझे जानने की उत्सुकता तो थी ही मैंने श्यामा को अनदेखा करने का प्रयास किया कि वह पास आकर बैठ गई। "मैं आपके कार्यक्रम में आज आना चाहती हूँ बाईसा!" श्यामा ने मासूमियत भरी आँखों से मेरी ओर ताकते हुए कहा। "सभी के लिए आमंत्रण है श्यामा आप बेजिझक आ सकती हैं।" अपनी नाराजगी के साथ नजरें चुराते हुए कहा। "आप रो मिजाज घणों भावे बाईसा पर हुकुम री बात ना टाल सकूं।" वो मेरी नाराजगी को निरूतर करते हुए उठकर चली गई। मैं उसे दूर तक जाते हुए देखती रही। आज उद्घाटन समारोह का बहुत काम था तो मैं बिना देर किये चुपचाप कार्यालय निकल गई। कभी-कभी किसी अपने से नाराजगी जितना बैचेन करती है उतका ही सुकून भी देती है क्योंकि उनका हमारे प्रति रवैया गलत था, यह जताने में हम सफल रहते। मैं भी श्यामा से अपनी नाराजगी जताना चाहती थी, परंतु अपनेपन की बात आते ही मेरे मन में कई सवाल उठते। क्या उसके लिए हवेली की मर्यादाऐ ही सब कुछ है, मेरा होना उसके सम्मुख जैसे व्यर्थ ही हो।

मैं दफ्तर पहुंची ही थी कि पूरे गाँव की जमा भीड. आज तालियों से गूँज रही थी। कुँवर लक्ष्य सबके बीच खड़े मुस्कुरा रहे थे। ललारी गांव की वह महिला जिसने अपनी बेटियों की शिक्षा के लिए चिंता जताई थी वह भी सामने खड़ी मुझे दिखाई

दे रही थी। मेरा एक छोटा सा प्रयास न जाने कितने लोगों की उम्मीदें पूरी कर रहा था जीवन में हम सभी के पास अवसर होता है छोटे-छोटे प्रयासों से कुछ चेहरों पर खुशियां लाने की उम्मीदें जगाने का परंतु हम अपनी व्यस्तता में इतना खो जाते हैं कि इन अवसरों पर ध्यान ही नहीं देते। कार्यक्रम विधालय के लिए आंवटित जमीन पर होने वाला था। सभी ने वहां के लिए प्रस्थान किया। कुंवर लक्ष्य कार्यक्रम स्थल पर जाते समय हमारी गाड़ी में आकर बैठ गए।

हमारे बीच आज कोई सँवाद नहीं था, मौन में भी हजारों कवायदें हमारे दिलों तक पहुँच रही थी। जिंदगी में ऐसा ही होता है, बाजदफा हम अपने दिल की बात उन लोगों से कर नहीं पाते, जिन्हें अपनत्व की रेखा अपना नहीं मानती और पराए वो रह नहीं जाते। उन्हें खोने से भी डर लगता है और उनसे नजदीकियां हमारे रक्तचाप को बढ़ा देती है। मैं कुंवर सा के किरदार को समझने की जितनी बार कोशिश करती, वो उतनी ही बार मुझे अलग रुप में नजर आते। एक ही व्यक्ति के कई रिश्तों में कई बंधनों, इतने ही अलग रूप तो होते हैं, कहीं हम गलत होते हैं क्योंकि हम किसी और के लिए अत्यधिक सही होने का प्रयास करते हैं। "माँ सा आपके समारोह में पहले ही पहुंच गई है, बाईसा आप देरी से हैं।" कुँवर सा ने मेरी और देखते हुए कहा। एक पल के लिए मैं विस्मय भाव में समझ नहीं सकी कि मुझे कैसे प्रतिक्रिया देनी चाहिए। "आपकी श्यामा उन्हें कब से मनाती रही है, माँ सा सख्त है बाईसा परन्तु उतनी ही अधिक आपके प्रति सम्मान का भाव रखती हैं आप खुश हैं क्या अवि मैडम!!!!!!"

जब जीवन में हम कुछ अच्छा कार्य करने का प्रयास करते हैं तो हमें हमारे आदर्शवादी किरदार से सराहना के शब्दों की एक अजीब सी चाह होती है कितना सुकून होता है उनकी नजरों में अपने लिए सम्मान देखकर। मैं अपनी जिंदगी के इस पड़ाव पर गांव के इस माहौल में अपने आप को इतना आत्मविभोर पाऊंगी ये मैंने नहीं सोचा था। अपनत्व तो लेन-देन का होता है ऐसा समझते हैं हम सभी परंतु आप की ओर से खींची गई एक डोर दूसरे छोर पर लग ही जाती है। मैं अपने विचार में व्यस्त थी कि गोपी काका ने दरवाजा खोलते हुए कहा, "ध्यान से उतरना मैडम यहां भूमि समतल नहीं है।" हम कार्यक्रम स्थल पर पहुंच चुके थे सभी कर्मचारियों ने मिलकर पूरी व्यवस्था कर रखी थी। मैं आगे की ओर बढ़ते हुए ठकुरानी-सा को देख रही थी। सभी महिलाएं उनके आस पास बैठी थी और वह उनसे बातों में व्यस्त थी। मैंने पहुंचकर ठकुरानी-सा के पैर छुए कि वो उन्होंने नजरें चुराते हुए कहा, "आप शर्मिंदा कर रही है बाईसा! मैं उस दिन के क्रोध के लिए आपसे क्षमा मांगती हूँ, ईश्वर आपने घनो राजी राखै"। इतना सुनकर श्यामा भागकर गले लग गई। मैं श्यामा को दोस्त समझती थी मेरा परिवार समझती थी और उसके बिना तो जैसे मैं निरी सुनी थी। मानो मेरी आँखों की पलकें भारी हो आईं। कार्यक्रम अच्छे से संपन्न हुआ। ठकुरानी सा ने भी व्यक्तिगत रूप से सब की सराहना की। महीने बदल रहे थे।

कुँवरसा और मैं मिलकर बहुत सारे नए नवाचारी कार्यों के विषय में चर्चा करने लगे। बाँगड़गढ़ तो अब भी पहले जैसा था, वही मिजाज, वही अहसास, वही अपनत्व। मैं जैसे अपनी जमा

पूंजी से थोड़ा-थोड़ा दिन निकाल कर खर्च कर जीवन जी कर रही थी, उतना ही अमूल्य अहसास जोड़ती जा रही थी। श्यामा तो थी ही फिर बेचैनियां बढाने के लिए और सुकून दिलाने के लिए।

सप्तम अध्याय

मैं दफ्तर से आकर छत पर टहलने लगी थी कि फोन की घंटी बार-बार बज रही थी। मैंने श्यामा को आवाज लगाई परंतु श्यामा तो है ही कामचोर। अनसुना कर रही थी। मैंने खुद जाकर देखने के लिए छत से उतरने लगी। मेरे पैर थम-से गए, मैंने इसकी कल्पना भी नहीं की थी। सामने सोफे पर पिताजी बैठे थे, मां की भी श्यामा से बात करते हुए आवाज सुन रही थी। पिताजी ने मुझे देखा और फिर मां को आवाज लगा दी, "तुम्हारी लाडली को तो देखो!" माँ ने झटपट से गले लगा लिया, "कैसे हो अवि! तुम्हारा गांव तो बहुत सुंदर है। तुम्हारे पिताजी को घर बहुत अच्छा लगा है बेटा!" "घर कौन सा घर माँ"? यह मेरा घर नहीं ठिकाना है माँ, घर तो----" माँ ने बीच में टोकते हुए कहा, "तुम बाप बेटी बिल्कुल एक जैसे हो, चलो जाने दो।" "आप कब आए माँ, मुझे पता नहीं लगा," मैंने माँ से चिपकते हुए कहा। "बस अभी-अभी बेटा तुम्हें तो पूरा गांव जानता है घर तक छोड़ने कई लोग मिल गए बहुत आसानी हुई" माँ खुशी से कह रही थी। मैंने तपाक से कहा, "यहां सब ऐसे ही है मां, बहुत अच्छे!!!!!!" पिता जी हमेशा की तरह अपने दिल में सारी बातें रखे हुए थे, कुछ कहे नहीं, बस चुपचाप हमारी बातें सुन रहे थे।

श्यामा ने चुप्पी तोड़ते हुए कहा, "हुकुम ने बुलावा ने भेज्या है बाईसा आपरे बाबुसा न।" मैं स्तब्ध थी, निशब्द थी ठकुरानी सा आखिर क्यूँ श्यामा!!! पिताजी वहां से उठकर जाने को हुए।

हर बार ऐसा ही होता है जब मुझे उनसे सवाल पूछने होते हैं, बात करनी होती है, वह मुझे नासमझ समझकर जाने देते हैं।

"आपको क्यों बुलाया है पिताजी, मैं जानना चाहती हूँ।"

पिताजी कुछ बोलते उससे पहले श्यामा ने कुछ इशारा करते हुए उन्हें चुप करा दिया। "आपने सब न हुकुम ने हवेली में बुलाया है बाईसा!" श्यामा इतना कह कर दौड़ी वापस हवेली चली गई!!!

श्यामा के जाते ही मां ने कहा, "कुंवर लक्ष्य प्रताप की माताजी ने तुम्हारे साथ उनके बेटे के रिश्ते की बात की है बेटा! हमें यहां उसी उद्देश्य से बुलाया है, आपके पिताजी ने उन्हें समझाने की बहुत कोशिश की परंतु उन्होंने अपनी बात मनवा कर हमें यहां बुलवा ही लिया।"

"आप एक दफा मुझसे बात करती मां, मेरे विचार सुनने जानने का प्रयत्न आप क्यों नहीं करती हैं।" पिताजी सोफे पर बैठे मुंह मेरी तरफ करते हुए बोले, "आप समझदारी की बातें भी किया करें, बहुत अच्छे इज्जत वाला परिवार है, सामने से ठकुरानी-सा कह रही है, आपको अनुचित ही संशय करने की आदत है, वह आपका बहुत सम्मान भी करती हैं। मुझे फोन पर उन्होंने वस्तुस्थिति से अवगत किया है।"

मैं पहली बार अलग विचार नहीं रख रही थी परंतु मुझे अपने आत्मसम्मान के सामने कुछ सूझता ही नहीं था। मेरे अंदर क्रोध था। अपनों को समझने को हम हमेशा नाकामयाब क्यों हो जाते हैं? उनके विचार उनके अन्तर्मन की आवाज हमें क्यों सुनाई नहीं देती? कुँवरसा ने मुझे बहुत बार स्त्री जाति

की अपमान भरी ठिठोली सुनाई थी, मेरे मन में उनकी वेदना अभी तक जागृत थी, वो मेरे नजदीक इतने सम्मान के मायने नहीं रखते थे कि मैं उन्हें अपनी जीवनसाथी के लिए चुन सकूँ।

अपमान अगर समय स्थिति के अनुसार आपके किए गए कार्य का हो तो क्षमा किया जा सकता है, परंतु मेरे लिए व्यक्तित्व का किया गया अपमान क्षमा योग्य नहीं था। कुँवरसा का व्यक्तित्व मुझे समय के अनुसार सकारात्मक समझ आता गया था, उन्हें उनके कार्यों हेतु मैं सराहना भी देती रही हूँ, परंतु ऐसा प्रस्ताव स्वीकार करना मेरे बस में नहीं था।

मैं माँ और पिताजी बिना संवाद के हवेली की ओर निकल पड़े। मैं आज बाबू जमाल की कुछ पंक्तियां सुबह से गुनगुना रही थी -

"जाने क्या कहेंगे, जाने क्या सुनेंगे लोग,

मेरे हिस्से का हर मौजू मेरा अपना है,

कब मेरे मौजू से दूर रहेंगे लोग!!!!!

मैं सवाल बेबुनियाद करता हूँ,

जहां मेरा जिक्र ना हो,

बस वहां अपना ख्याल रखता हूँ॥"

हवेली प्रवेश करते ही सामने ठकुरानी-सा बैठी हुई थी, पास में कुँवर लक्ष्य खड़े थे। कुँवर-सा ने पिताजी और मां को "खम्मा घणी" कह कर अभिवादन किया। श्यामा मेहमान नवाजी में लग गई। ठकुरानी-सा पिताजी को "साँझ" हवेली की चर्चा करने लगी। ठकुरानी-सा ने कुँवर-सा की ओर देखते हुए पिताजी से कहा, "ये हमारे पुत्र है, बाईसा को हम यहां अच्छा कार्य करते

हुए देख रहे हैं, इनकी धीरता, गंभीरता को समझने में समय लगा परंतु हम इनका सम्मान करते हैं, आप हमारे प्रस्ताव का जवाब दे हुकुम!!!!"

पिताजी ने मेरी और देखते हुए कहा, "हमारी बिटिया का विचार ही हमारे लिए सर्वोपरि है, वो आपका और आपकी हवेली का बहुत सम्मान करती हैं परंतु इस प्रस्ताव पर उनकी क्या राय है, मैं उन्हीं से जानना चाहता हूँ।" मैं पिताजी की बात सुनकर आश्चर्यचकित थी, उन्हें मेरी राय से बहुत फर्क पड़ता था। कभी-कभी हम अपने आस-पास के लोगों को जानने का समय ही नहीं देते और उनके प्रति मन में एक पूर्वाग्रह बना लेते हैं। पिताजी और मेरे बीच बातचीत जाने कब से नहीं हुई थी परंतु अब भी हम एक दूसरे की आँखों में देख बातें जान लेते थे, जैसे बचपन में पिताजी मेरे फटे होठ देखकर मेरा बीमार होना जान लेते थे, मेरे चेहरे की उदासी एक पल में देख लेते थे। वही मेरे पिताजी आज मेरे पास बैठे थे। मैं कितना गलत थी।

कुँवरसा ने आश्चर्य से ठकुरानी-सा की ओर देखा, माँ सा आपने इन्हें यहां इसलिए बुलाया है। कुँवरसा भी मेरी तरह अपरिचित थे ठकुरानी-सा के मां पिताजी के बुलावे पर।

"आप समझती नहीं है माँ सा मैडम ने अपनी असहमति आपको बताई थी फिर आप ऐसा प्रयास क्यों कर रही है मेरा प्रस्ताव जितना मायने नहीं रखता उससे अधिक उनका सम्मान उनकी सहमति" कुँवरसा बेधड़क कह गए। मैं आज सभी के विचार सुनकर विस्मय से भरी हुई थी। "जैसी आपकी इच्छा हो बाईसा" ठकुरानी-सा ने गले लगाते हुए कहा, "आप म्हारी बेटी

जैसी हो, म्हाने आपसूँ घणों आभार है बाईसा।" मेरा गला रूँध गया था, मैं अपनत्व की सभी सीमाएं महसूस कर रही थी।

मैंने ठकुरानी-सा को आश्वासन दिया कि मैं आपके प्रति मेरे सम्मान को हमेशा सजीवित रखूंगी, मैं आपकी छवि से बहुत कुछ सीखती आई हूँ परंतु इस हवेली की जिम्मेदारियां संभालना मेरे बस की बात नहीं है। मैं जिम्मेदारियों से डरती हूँ। आपका बहुत आभार मुझे काबिल समझने के लिए। मैंने ठकुरानी-सा को खम्मा घणी किया और लौट आई। शाम होते-होते मां पिताजी हवेली से घर आए, मैंने पिताजी से आज माफी मांग ली और हमारी पीढ़ियों के विचार की दूरियां आज कम हो ही गई। बाँगड़गढ़ में सब कुछ वैसे ही चलता रहा, तब मैं रोज हवेली जाने लगी, ठकुरानी-सा खूब चर्चाएं करती और श्यामा हँसाती।

मैं बाँगड़गढ़ से अपनत्व सीखकर सब जगह बांटना चाहती थी, मैंने अपना स्थानांतरण करवा लिया और घर आकर माँ-पिताजी के साथ सुकून से रहने लगी। अपनों के बीच की वैचारिक भिन्नता आज झरोखे से उस पार हमें समझाईश से एक सूत्र में पिरोए हुए थी। मीठी वेदनाएं अब सुकून देती थी......